百年好合

吴君

著

四川人民出版社

图书在版编目（CIP）数据

百年好合 / 吴君著. —— 成都：四川人民出版社，
2025. 1. —— ISBN 978-7-220-13958-1

Ⅰ. I247. 7

中国国家版本馆 CIP 数据核字第 2024CV1420 号

BAINIANHAOHE

百年好合

吴　君　著

责任编辑	彭　炜
责任校对	申婷婷
封面设计	张　科
内文设计	张迪茗
责任印制	祝　健

出版发行	四川人民出版社（成都三色路 238 号）
网　址	http://www.scpph.com
E-mail	scrmcbs@sina.com
新浪微博	@四川人民出版社
微信公众号	四川人民出版社
发行部业务电话	(028) 86361653　86361656
防盗版举报电话	(028) 86361653
照　排	四川胜翔数码印务设计有限公司
印　刷	成都国图广告印务有限公司
成品尺寸	143mm×210mm
印　张	8.25
字　数	130 千
版　次	2025 年 1 月第 1 版
印　次	2025 年 1 月第 1 次印刷
书　号	ISBN 978-7-220-13958-1
定　价	48.00 元

百年好合

目　录

CONTENTS

「百年好合」

不知从什么时候开始，明慧与阿爸成了金钱的关系。每次见面，他总是盯着她的手或包。阿妈不愿意明慧拿钱出来，上来劝阻，你自己留一点儿吧，还没找到工作。说到工作，她又要开导明慧，其实私立医院也不错，他们也许缺护士呢。明慧在惠阳卫校读了三年，毕业后，在深圳妇儿医院做过几年。

明慧并不理会，越是这样，她越会给，从小到大，她都和阿妈对着干。虽然自己没什么钱，还要跟老公拿生活费。

当然，明慧不满意阿爸，要钱的时候，总是花言巧语。为了防止明慧给钱，阿妈有点儿寸步不离。明慧早发现了这一点，她并不揭穿，从茶几上拣出几粒瓜子，堆在掌心嗑，或是抱着手臂在客厅来回走动，根本不等阿妈把话讲完。凭什么，凭什么我还要听你的，我已经不是婴儿。她想做出对抗的姿态让阿妈生气。

淑华老人只好转过脸，对着沙发上的赖国民，埋怨道，人都养活不了，又买回来鸟。明慧在心里也这么叫阿爸的名字，她不喜欢阿爸的嬉皮笑脸。

正在弹烟灰的赖国民停下来，掩饰不住的喜悦，似乎他一直在等机会。他悬着手腕，翘着兰花指说，便宜啊，如果不是禽流感，哪儿买得起呀，我现在已是身无分文。明慧明白，阿爸又开始老一套，哭穷。差不多每次他都要用点儿心机，似乎这样才能得逞。无论他怎样，明慧都会给他些零钱，否则回家便失去了意义，她算过，赖国民又没钱了，开始盼着她的救济。

阿妈还在生气鸟的事，说白给我也不要。

那你给我呀，我要，拿来吧。似乎明慧的态度鼓励了他，赖国民架起二郎腿，两条手臂交叉，一只托起下巴，另一只像女人那样匍匐在膝盖上。

吵得人心烦。阿妈皱着眉头，不知是说鸟还是人。

嫌烦你可以走啊。明慧发现阿爸有些娘娘腔。

你的心事我知道。淑华老人有些忍不住了，冷冷地回他。

赖国民急了，连脖子也粗壮起来，像是担心淑华说出什么，辩道，随便哪个人也比你强。倒是这句像回男人了。

明慧不想听他们说话，站起身，要离开，想到阿妈总是有话要说的样子，又坐下来，她不理解年过七十的父母，为何总在吵。原来还以为是书上说的情感按摩，也没在意。每到这时，阿妈便不说话了，眼睛望向别处，过了一会儿，明慧发现阿妈在看自己。平时说话的时候，淑华老人总是看明慧脸色。每次明慧吃饭，她就开始烧开水，茶也提早洗好，等明慧一离开饭桌，就可以泡工夫茶了。其实是不让明慧洗碗。最近明慧才想到要干点活，之前她总是坐在沙发上看电视或是看着阿妈，远远地和阿爸说话。阿爸很早就离开学校，学历不够，被学校劝退了。正是这个原因使他喜欢谈些国家大事。明慧很看不上他这一点，心里想，那些事跟你有什么关系呢？有时候，赖国民甚至会偷偷拿出一本香港的繁体字书，递到明慧手上说，那边带过来的，你偷着看，不要给人发现了。明慧瞥了一眼红黄相间的封面，很是不屑，九十年代就这样，夸大其词，有什么好看的，除了瞎编就是造谣。

见明慧看不上，做阿爸的只好转话题，你说我去那边当仓库保管员行吗？他指的那边是香港。

你吗？明慧盯着阿爸的脸，不说话。上次他说过去搞行政，这次又降了一格。阿爸知道明慧不信，补充道，是老同事帮我联系的，一个月六千呢。

明慧不想听，站起身，对着厨房里的阿妈说，我洗碗吧。

不用。你和阿爸说话，你阿爸说的那些我听不懂。淑华老人总是希望丈夫讲些深奥的话题。很多次做梦，赖国民还是老师，穿戴整齐去上课，而她在校门口等着他放学。

明慧心里说，我也听不懂。

他们还给我介绍一个香港富婆呢。呵呵，真奇怪，我有这么抢手？赖国民故意漫不经心地说。

明慧实在受不了，说，是吗，香港有那么多人失业，哪有空位给你留。你不会是说养老院吧，他们自己都满得爆棚，不少人住在过道上，人家会要你？

噢，这种情况啊。赖国民有些不好意思，又接着说，那你说富婆我见吗？明慧觉得阿爸已经有点不知廉耻了，竟跟女儿谈起这个话题。

明慧实在受不了，说，见呀，我还没见过香港富婆呢，只是知道香港人每个都打两份工，住高低床，吃盒饭，没有午睡，辛苦得要死，你介绍个富婆给我看看，开开眼也好啊。

阿爸听不出是讽刺，他斜眼看了下厨房里的淑华老人，搓着手道，就怕人家看不上我。不过，如果你阿妈当年嫁到香港就好了，我也跟着发喽。

明慧发现阿妈洗好碗，倚在沙发后面看她，明慧反感这种眼神。很小的时候，明慧就被送到了外公家，到了十几岁才回到城里，对农村和城市她都没有亲近感，包括对阿妈也非常陌生。有很长一段时间，她不喊阿妈，总是直接说事。直到近几年，两个人才算正常说话。还是明慧发现阿妈老了，于心不忍，外公生前提醒过，不要再气你阿妈，她会失眠，血压也不稳定。

明慧有些不依不饶，用得着跟我低三下四，这岂不是折我的寿吗？

这些年，她一直讨好你，为了你，她什么都肯做。

好会把我送到农村去吗，让我寄人篱下，搞得我十几岁还不会说普通话，被同学欺负。

不能全怪她，那个时候，他们分开了你知道吗？外公临终前，对明慧说。

明慧诧异，盯着外公，说不知道。怎么还有这事。

你大哥和你都归你阿妈，实在负担不了，只好先把你放农村了。后来，你阿爸离开学校没了固定收入，只好跑回来，两个人又住在一起。你阿妈太善良了，换作别人一定不会同意。外公摇头。

明慧在家里恍惚了两天，才缓过来。她从来不知道这些事，没有人告诉她。

淑华老人是深圳本地人，小时候家境富裕，出生时年成好，家里便给她起了个大吉大利的名字——六合，说是好兆头，希望她将来嫁个好人家。淑华年轻的时候很活跃，剪学生头，穿窄脚裤，把身材衬得非常苗条。用现在的话说，她是个进步青年。当年，她穿着工装爬过无数条电线杆子，活跃在很多青年仔跟前。除了身材，她的声音也很好听，细细柔柔的，没变过，听电话的人还以为是个小女孩。有个做蚝油生意的男青年为此着过迷，又不好问年龄，坐了几个小时车，从淡水那边赶过来要见她。因为她的声音，单位有段时间还想过让她搞接待，在办公室接个电话之类，又放弃了，因为她没有太多文化，最后让她做了一名走街串巷的抄表员。为了这个，她很得意，她觉得自己像个使者一样，把光和热送到了千家万户。或许常在高处看人的原因，很长一段时间，她跟周围的人格格不入，想事做事都不同，朋友越来越少，连家里人也跟她说不了话。别人对外省人没什么好感，觉得他们又脏又穷，虽然那个时候，人们还没见过几个外省人，有的只是知青和南下干部。而她不这么认为，她觉得北方人有文化，有追求，长得高大。她甚至希望参军或是支边，只要能去那边。有人讽道，深圳就很边远了，过了河就是香港，再走就是英国了，还想去哪儿，难道想去美帝国主义国家呀。在别人对北方还没什么概念的时候，她不仅学习普通话，还像北方人那样关心国家大事。择偶方面更是不同凡响，她爱上外省人赖国民。与此同时，还正式把名字改成陈淑华，除了比较时髦，另个原因是家里用"六合"这个名字为她订过一门亲事。

赖国民 1945 年出生，是个代课老师，之前做过知青，高中学历，当年这样的情况不少。你又不是嫁不出，找个北佬想受苦么，谁知道他们底细，在老家有没娶过都还不知。当时很多人过来劝阻。淑华老人明白，这些人是家里派来的。

赖国民帅气，英俊，有文化，说一口标准的普通话，让她着迷，尽管对方比自己小，她也不在乎，每天她都守在学校门口。没有人看好他们，认为不配，赖国民成分不好，又穷得一年到头吃不饱。有人说，什么读书人啊，就是个好吃懒做，不想干活的混子。镇里的人都觉得她疯了，一天到晚给广东人丢脸。结婚那天，家里人都躲着，不仅没有支持，连句好话也没有，说她发了神经。天快黑的时候，才见一个男老师过来，送了个脸盆，上面印着一句祝福的话：百年好合。说是香港那边偷运过来的。男老师把这四个字念出来，才把礼物奉上。这是淑华老人这辈子听到的最美好的一句，她的心快要跳出来了。有了这么一句，谁不恭喜也没关系，全世界都不搭理她也没所谓。

赖国民年轻的时候很沉稳，不爱说话，尤其回到家以后。尽管如此，淑华老人还是很喜欢，她觉得男人太多话不好。谁也没有料到，晚年的赖国民，仿佛变了一个人，不仅爱说话，人也懒了。有人知道他做过老师，想聘他到培训中心上课，骗骗那些忙着生意没心顾孩子的家长，淑华老人还托关系联系了一家民办学校，说待遇和其他老师一样，被他谢绝了，说，不想动脑子，还是好好歇着吧，享受享受人生。有人背后冷笑，还谈享受呢，他有什么资格呀。后来他交往的人多半都是没文化的，比如公园里扫地的，种花的，跳舞的。这个时候，他认识了盐田街上的陈阿姨，这个女人是广西人，五十岁左右，人长得还算年轻。淑华老人特意跟踪过两次，暗处观察过，觉得这个女人打扮一下，不显老，甚至像个老师呢，尽管她只是个帮人带孩子、做家务的保姆。赖国民带着这个女人去公园，他打牌，女人则站在旁边看，样子很娇媚，手上牵着一个两三岁的孩子。远远的，看过去，真像一家人。淑华老人难过了。这样的情景何尝不是自己向往的。可是孩子小时候，两个人没有一起牵着逛公园，现在也没有机会抱孙子晒太阳。淑华老人甚至有些怪自己的儿女，不懂她的心，不帮着开导开导阿爸，让他们和好，也顺便把证补了。当然，这些都是以前的想法。

赖国民住院的时候，姓陈的女人来了。一进门便不管不顾扑在赖国民身上，用手摸男人的脸，从头发一直到脚板，嘴里发出哭叫声。很快，她变魔术般把身子缩成一小条，准备爬进男人怀里，并且坐到膝上。手背上还扎着吊针的赖国民笨手笨脚，看着眼前的女人，大有抚摸和进一步的想法。女人发出娇喘，用脸去蹭赖国民的胡须。他用手挡了下，示意不合适，有人看着。这个时候，女人似乎才想起对面还坐着男人的原配，才慢慢倚着墙站好。淑华老人没有年轻时那么冲动了，而是像个陌生人那样安静地看着，她没有抓狂也没有流泪。等女人做完这一切，回头看她的时候，淑华老人故意绕开，透过门上的小窗子，望向外面。她既不愿看见赖国民，也不愿意看见这个女人。这一刻，她的心死了。明知道他没变，可是她一直不愿意承认。有时，她希望赖国民骗骗她，做得巧妙些，不让别人发现。刚刚这一幕就被医生见到过，走廊上也一定有熟人。哪怕自己被骗着死去，也好。猜到自己会死在男人前面时，淑华老人有些心酸。自己比男人大，尽管保养得不错，可这些年，没有停止被赖国民折磨，早已心力交瘁，当然会早一点离开这个世界。想不到，事情果然如此，医生把诊断结果告诉了她。

最后，脑子里闪现的是女人躺在床上的情景，被子，褥子，枕头，都是淑华买的。想到这儿，她手脚发抖。显然，赖国民和这个女人正在打房子的主意。赖国民多次提到办手续，还用香港富婆等事刺激她，有一次，她在赖国民的口袋里发现过房产证，原来，他们已经计划过了。

淑华老人走在小区里，从近处、远处各个方向看自己的家，其实和别人家没什么两样，可就是好，两房一厅，坐北向南，冬天到夏天，总能见到阳光。原来的小树长高了，差不多够到家里的窗户，好像私家花园，每天早晨都有鸟在树梢上叫。这是她的全部，客厅是爬电线杆换来的，卧室是走街串巷得到的。甚至是用儿子的远离、女儿的童年换来的。闹离婚的时候，担心孩子受到影响，明慧被放在外公家里，直到懂事才接回来，和她没感情，淑华老人等于失去了女儿，明慧成了最近的陌生人，儿子出国后不再回来，连电话也很少打。有谁知道她的痛，只要想到医院见到的那个女人，她便心痛得要死。自己付出了这么多，凭什么便宜了别人。

她望着茶几上散乱的诊断书和药，决定好好活着，活到赖国民之后，让那女人美梦破碎，去哭吧，哭个稀里哗啦，在她的出租屋里。

七十岁之前，淑华老人一直叽叽歪歪，不是躺在床上喊背疼，就是一边择菜一边说手麻了酸了，尤其是夜晚睡不着。她声音不高不低，不温不火。不远处坐着看电视或摆扑克的赖国民，她看也不看。赖国民变了，再也不是那个清高、少言寡语的瘦高才子，他成了一个油嘴滑舌的老年人。变化从第一次抛弃她开始。赖国民比她小三岁，被她蒙在鼓里，也就是说这个男人被骗了。想到这儿，淑华老人暗自笑了，按当下说法，她觉得自己赚了，用句老话说就是骗了一个小白脸。你不是不疼我，不在乎我吗，可是我有报复你的办法。她就是要让对方明白，这就是伤害她的结果。可惜太老了，身体不允许，否则，她还要给他戴顶绿帽子，让他在熟人面前抬不起头。

淑华老人不吃不喝了两天，没有说话，平时她喜欢唠叨，什么事情放在心里都难受。小区里有一群朋友，各个年龄段的都有，她跟谁都能说上话。当然，她不会提自己的伤心事，而是愿意跟他们说自己的过去，比如，当年很漂亮，一群男人天天围着她转，找各种借口想搭话，连嫁到海外也有大把机会，而她心里只有一个人，那就是赖国民，他是那群人中最帅的一个。后来，赖国民成了她的丈夫。她的丈夫是名老师。

可是这一天之后，她安静了。淑华老人把诊断书拿出来，又放回去。她是为赖国民办出院手续时做的检查，当时还以为太累，吃点药就能顶过去，没想到是这个结果。

早晨起来，她像没有发生任何事情一样，为赖国民热好牛奶，然后在锅里蒸上几个豆沙包。等赖国民吃完，她简单收拾了下，便出门了。这一次，她没有逛商场去挑特价菜，而是穿上一双小坡跟的布鞋，并从柜子的最底层，找到裙子。由于放的时间太长，有股樟脑味，她只好洒了点六神牌驱蚊水，然后，扶着墙慢慢穿上，她在镜子面前打量自己。有很长一段时间，她不愿看镜子。她不喜欢里面那个老人，眼睛嘴角都耷拉着，皱纹像刀子刻出的一样，不仅深，还有些发黑的印子。这是自己吗？

她从四楼慢慢走下来，顺着小区的右门，走进宝安公园，进入一片树林。她脱下鞋，把脚踩到鹅卵石上。她忍着疼痛走了一遍，又走了一遍，才让自己坐在椅子上休息。最孤独的时候，她曾经在公园里，面对一个更老的人，诉说自己的遭遇。她哭得泪流满面，老人无动于衷，临要走的时候，老人说话了，孩子，你就把自己当成守寡吧。

多好的话呀，她想抱住眼前的老人。解脱了。解脱之后，她不再跟自己较劲，包括偷看他的口袋，还有在阳台上等他回来，偷偷去看他睡着的样子。

四十岁之后，赖国民连看都不看她。她有时电了头发，涂了口红，他也没有发现。有一次，她故意把一条眉毛刮了，男人都没注意到。后来，她在手腕上扎了一刀，滴了血到水池里，赖国民什么都没说，和平时一样。几年中，偶尔过一次夫妻生活，也是赖国民喝多了酒，早早地泄了，甚至叫着别人的名字。有几次，淑华老人像处女那样感到了疼，过程中还想到了怀孕的事。一想到自己戴着环，又安心了。这个环从生完孩子就在身上，有两次长到肉里，医生叫她取下，不要戴了，对身体不好。可是她不愿意。她红着脸，让医生安回去，她说这样男人喜欢。许多时候淑华老人梦想搂着赖国民，嗅着他衣领上的香皂味，一起去散步。半夜醒来，站在床边，看着赖国民微微卷曲的头发，和上扬的嘴角，忍不住想吻他。男人梦里似乎有察觉，裹着身上的被子，侧过脸去。淑华老人看见自己的手正做成刀子的模型，随后是拇指食指围成的圆，似乎就要掐住对方的脖子。好在她及时管住了自己。

想到那个广西女人正在打房子的主意，淑华老人心里暗笑，你好好等着吧。她的目标愈发明确。她先是在一段时间不断提到赖国民的老家，刺激对方思乡心切。赖国民是山东人。她提到那边的景色，饮食，民俗，目的是骗赖国民回老家。

我腿脚不好，不然还可以跟你回去，我也想看看那些老房子了。淑华老人很主动。

提到老家，赖国民似乎受到了感染，突然话多了起来，从酒柜里取出酒，倒了半杯，对着一点青菜喝起来。

你不想回去吗？男人似乎有些怀疑。

淑华老人忙答，怎么不想啊，我做梦都想。说话的时候，淑华老人脑子里浮出赖国民和那女人，他们一定也打算过，以夫妻的名义回去。想好了，等男人坐上火车，她就把房子卖掉，省得外人惦记。

可是，很快她就想到自己住哪里的问题，敬老院吗？她去看过，全是那些目光呆滞、行动不便的老人，他们连话也懒得讲了。那种生活，比死还可怕。如果房子没了，自己怎么办，住哪里，她一直在想这个问题。

赖国民很高兴，又给自己倒了一杯，夹了口菜，猛喝一口。

淑华老人安慰道，你先走，如果好，过段时间我也回，我们还可以在那边安度晚年。

　　赖国民乐了，没说话，又端了一次杯。他知道淑华老人并不喜欢北方，广东人常说北方冷，脏，一天到晚吃窝窝头。

　　赖国民的脸随着天色暗下来，他的酒喝尽了，没说话，而是回到房里。过了一会儿，他拿出一张老照片，坐回原地，自说自话，不回喽，再想也不回了，没人认识我，我这把老骨头想埋在那儿，可那儿不要啊。赖国民耷拉着脑袋，陷入了沉思。的确，他的老家，没什么人可以牵挂，赖国民早已是有家难回，他早把自己当成了广东人。

　　淑华老人穿的是条裙子，这种裙子显得有些过时，但在老人那儿还是比较时髦，尤其是她这个年纪。此刻，她不想让自己显得太老，只有这样，才能鼓励自己活得再久一些。白天的时候，她去染了头发，还在附近商场里带回一条纱巾，那是门口模特戴的。服务员上下打量她，还说，你给女儿还是孙女买啊。老人笑着答得含糊其词，嗯对好的，谢谢你啊小同志。

淑华老人走到小区跳舞队伍里，有人夸她身材保持得不错，从背后看，还以为是个年轻人。淑华老人知道是假话，也应着。晚上去散步的时候，还戴着这条纱巾，脸上涂了面霜，嘴唇涂了点润唇膏，她希望这种变化有人看到。尤其是赖国民，你们不是盼望我死吗，我偏不，我要认真锻炼，好好活着。房子是我用命换来的，我不会便宜你们的。赖国民提出复婚，淑华老人觉得太老了，不好看，只是赖国民态度很坚决，原来他是这个意图。本以为过了七十之后，两个人会安度晚年，将来葬在一起。她是一个怕孤独的人，打雷也怕，下雨也怕，只要他在身边就行，爱不爱已经没所谓，反正自己喜欢赖国民。哪怕前面的人生都失败了，最后时刻能守在一起，做个伴，已经满足。想不到，广西女人不放过她，还想占领她唯一的窝。当年，赖国民把她抛弃了，已经差点让她死掉。眼下他找了一个年轻的。

淑华老人坐在墙角一张椅子里，环顾四周，看着房里物品的时候，电话响了。

是明慧自己提出回来吃饭的，她在深南大道走了很久也没有觉出饿。

电话里，她听见阿妈愣了下，慌里慌张连说了几个好，然后放下。明慧拿着手机，停了半天，她能想到阿妈的样子，白发苍苍，有只手偶尔会发抖，停不下来，说话总是词不达意。

明慧帮阿妈洗碗，听她说话。最近一段时间，每次回家，她没有那么着急离开，总是洗了碗再走。这一次，她想问问阿妈，分居的事是真的吗。明慧看见阿妈愣了下，才点头。

那段时间，他总说出差，其实是和那个人在一起对吗？

淑华老人看着自己的手指，有点害羞，说，他在那边安了家，你阿爸是个老师，死要面子。

明慧说，你为什么要忍呢？

没忍，跟他哭了闹了，可有什么办法。知道的时候，已经晚了，他们住在一起。如果闹，他的工作就没了，还有，你大哥正读小学，做了班长，还是三好学生，我怕他怪我，那个女人也在学校。如果不是这个原因，我还能把你阿爸找回来。

他把工资也带了过去。淑华老人眼睛望着别处，轻轻地说，像是讲别人的故事。

也就是说，后来是你一个人的工资养活我们。明慧问。

嗯。他偶尔也会让人捎回来一点。

明慧本来想说说自己的事，最后也忘了，她一个人坐在沙发上，发着呆，电视上一会儿是直销项链，一会儿是拖把。明慧很安静，连阿妈站在她身后也忘记了。

不知过了多久，她看见阿妈坐在身边，她突然想抱抱她，却不好意思。她一出生就被带到了乡下。她害怕那种近距离的接触，更无法想象拥抱在一起的感觉。

你过得好吗？天已经暗下来，阿妈问。

明慧没有说话，低下头。小区变得安静，已经到了吃饭时间。

他欺负你了？你是不是也有做错的地方，或者不肯原谅人，不懂体贴，还是他嫌你不会做家务。

明慧说，他嫌我不懂撒娇，不会交流，很倔，像个孤儿，没有家教。

你不应该辞职，迁就他，跟他四处跑业务，辛苦赚下的钱都给了他。又过了一会儿，淑华老人问，他打过你吗？

明慧摇头。

淑华老人自言自语，其实比打骂更狠的是不理睬，他不愿意理你吗？

他在外面有了女人。明慧说。

两个人仿佛沉到黑色的海里，看不见彼此，不远处工地上传来说话声，听得出是湖南和四川口音。

明慧觉得阿妈的呼吸也变了，人陷在沙发深处，越发瘦小。

接下来，两个人都沉默了。

想过离婚吗？又过了一会儿，淑华老人问。

见明慧沉默，淑华老人继续说，那女人如果很小，可能还不想结婚，是想花他的钱，早晚有一天他会明白，明白你的好。如果这样，那就把那女人拖老，没有新鲜感，他应该还会回来。

到时我也老了，再说，回来又怎样，还不是迟早要走。明慧还想拿些更狠的话反击，想了下，又放弃了。

阿妈不再说话，两个人一直在看电视，不远处有时钟滴答滴答在响。后来明慧帮阿妈拖了地，还擦了玻璃，上面有很多灰尘，阿妈是个爱干净的人，最近却好像不过了一样。

为了转移话题，明慧问起阿爸的事，他去当保管员了吗？

是保安。阿妈面无表情，似乎还沉浸于原来的话题里。

他说的富婆呢？明慧不想这样，准备调侃几句，让气氛好起来，正要说话，就见到淑华老人好似做了重大决定，连语调也变了，她问，你信鬼吗？

不知道啊，也许信吧。明慧笑了下，这个话题从来没有说过，淑华老人当年做过红卫兵小将，很是反感这些。眼下，明慧不明白阿妈的意思。

信就好。似乎有救了一样，淑华老人突然很兴奋，说，其实我见过鬼，在你外公去世那天晚上，他来找我，别人看不见，而我能。他说自己不想死，是被一些人害的，他跟我说，要报仇，还安慰我，别怕，他说鬼很有力量，无处不在，孩子看不见他，但是他可以看见自己的亲骨肉。据村里人说，害他的人，后来生不如死，不断到坟上求他饶过。

怎么了，是不是病了？明慧不解地问。

淑华老人对明慧笑了，很神秘，她无限憧憬地说，你知道吗，做人的时候，没有能力，只有变成了鬼，才能保护到自己的孩子，让坏人伤害不到他们，这是你外公说的。说话的时候，她的眼睛格外明亮。淑华老人接着说，你外公生前是个特别胆小的人，活着的时候，谁都惹不起，连走夜路也怕，大声说话都不敢。

明慧不愿阿妈说这些，就提出到街上走走。她说东边开了一个茂业百货，还有人民路、东门老街也和过去不同了。

吃饭的时候，淑华老人很高兴，她对明慧说到过去。那个时候，家里穷得揭不开锅，你哥住院他只去过一次。我们连饭都吃不饱，他还要把头发梳得整整齐齐，给皮鞋上油，这些都没什么，我认了。淑华老人接着说，那些年苦啊。白天上班，晚上帮人看摊卖货，扫街，做各种苦力，就是不想输。直到看见他跟别人瞎混，没有自尊心的时候，我才觉得自己输了。过去他多要面子啊。你知道吗，他有二十多年没摸过书。过去，我干活，家里家外全包了，不让他沾手，可心里高兴，有的是力气，现在没了。我还以为会一直有呢。

明慧突然觉得要面子的是阿妈，而不是别人。

又过了一会儿，淑华老人凑近明慧耳边，低声说，你知道吗，结婚的时候，我用的是猪血，之前跟过别人，农村孩子，又没文化，不然怎么进城啊，连坐人家牛车，都被占过便宜。这么说我也不亏，还赚了呢。

这时，明慧发现自己跟阿妈长得有点像，眼睑左侧都有一颗米粒大的黑痣。过去她一直不愿承认。她总是想象赖国民年轻的样子，阿妈总讲他很英俊，她便赌气说自己谁也不像，内心里还是希望像阿爸。明慧说，是啊，这么一看，没占便宜也不吃亏。说到这儿，两个人同时笑了，好像姐妹一样。明慧第一次觉得阿妈有幽默感，甚至还会自嘲。

淑华老人把人叫上来，这是自己观察了很久的两个人，每个付了两千块。她知道男人爱面子，况且他们被堵在房里，当时赖国民正在厨房切菜。

看着房里摆的那些物品竟是自己买的，包括用于理疗的枕头，赖国民的肩不好。还有一些书和小玩意，包括他最喜欢的一个陶艺。好！淑华老人在心里叫了一声。要知道他们在一起的这些年，赖国民从来不做家务，哪怕她病在床上，此刻，他却为别人献着殷勤。

她拿出一份遗嘱，拍到台上。主要内容是淑华老人百年之后，房子归儿女。她逼对方在她名字旁边签了字。事情办得干净利索，在赖国民和那个女人还没缓过来的时候，她做完了这一切，心里感叹，自己到底是广东人，玩了一辈子虚的，临到头，还是很实际，没有拱手让出财产，如果那样，才叫片瓦无存呢。

包括一个没用过的电热水壶，全部装进一只旧皮箱，那是结婚前他唯一的财产。第二天早晨，淑华老人把赖国民留在房里的东西，放进箱子，叫人装上三轮车，一直送到广西女人的小区。她把赖国民赶出了家门。

淑华老人把房产证和钥匙拿给明慧时，明慧发现阿妈似乎老了十岁，竟然假牙也没戴，笑的时候，脸短了许多，声音和之前也有些不同，已是货真价实的老年人。淑华老人说房子是辛苦攒下来的，你大哥出国了，也不知过得怎么样，本来是要留给他娶老婆的，如果将来他在外面混不下去，你还是要管他啊，房子也有他一半。

明慧红了眼圈，没有再说什么。差不多一天没有吃东西，她开始觉得饿。

茶树菇炖鸡、蒸桂花鱼是淑华老人最喜欢吃的，这次连谢谢也没说。过去，她总是小心翼翼对明慧，把客气话放在嘴边。饭吃到一半，明慧开始心不在焉，先是叫服务员把音响关了，放下筷子又说没胃口不想吃。她看着天色和马路上的车流，心思已经不在这里。丈夫可能正向某个小区走去，或是跟别人约会。她想起了自己的事，自己的人生，没有注意阿妈和平时不太一样。

淑华老人的脸上露出了羞涩，似乎变了一个人，她挪开盘子，用食指蘸了水，在桌面上写了几遍民字。随后，她把眼睛望向别处，说，妹仔呵，阿妈跟其他男人睡过的事不要说给他呵，他会难受的。直到明慧点头，应下来，淑华老人才算放下心，又说，脸盆别扔，记得给我带走，那是我阿妈托人拿给我的，她只是不想让我知道。百年好合，这四个字我总是看不够。明慧听这些话的时候，并不知道阿妈在跟她交代后事。后来，连赖国民也后悔不迭，拖着哭腔道，连名字都改了回去，她是不想再给我机会了。

医生说，淑华老人已放弃治疗，给她用药，也不配合，有时当着医生的面扔掉。昏迷的时候，她一直在讲胡话，说早点过去，还能保护到孩子。当然，除了明慧，没有人懂得这些话的真正含义。

「福尔马林汤」

1

车开了两个多小时，还是没到。男人不说话，只把车开得飞快。最后天上下起了大雨，像是直接从天上泼下来。车窗上的雨刮器不停地摆动，前面的路仍然是看不清。小桃本来晕车，现在不晕了，身子坐得笔直。几次小桃都感觉对面车对着自己撞过来。高速公路上到处都是上下乱窜的灯，像是清明节老家十字路口烧的纸钱，一闪一闪发着鬼光。程小桃吓坏了，不是碰上坏人了吧？斜眼去看男人，男人果然和方才相貌不一样。男人在光影里微笑，好像时而还点着头，眼睛却一直盯着无边无际的前方。小桃只能看得到男人的侧面，这个侧面让她感到了一种杀气。一定是自己说错了话，使他想要报复。这一下程小桃恨透了自己这张逞能的嘴，还有那些不切实际的想法。

你肯定是个当官的！一段时间以后程小桃学会了看人，看对方的手指和说话她就可以判断出对方的身份。这个男人就是程小桃一下子猜出来的。

对方被程小桃这句突如其来的话吓成定格，脸惊变成灰白色，最后是酱紫色。这个样子让程小桃见了一个全程。她非常得意，于是让下巴扬着，目的是露出下巴上那颗小小的美人痣。

没想到男人很快镇定下来，沉思着说，嗯，那你说说看，我怎么像一个当官的，我的官又是多大？

程小桃这回不知道说什么了，整个人表现出拘谨，刚才那个灵活劲儿全没了，眼睛则像受了惊的鱼，一会儿逃到男人左侧，一会儿蹿到男人右侧，上嘴角也耷拉下来，一双腿站成削坏的两支铅笔，全没了刚才那种灵活。其实是一种感觉，逗能说出来。至于官到底可以当多大，要怎么称呼，她一概不知道。记得老家有一个远房姨丈就是当官的，是县林业局的股长，反正在家里人印象中那是一个很大的官，那个时候一有重大的事情解决不了，家里人就会提到这个姨丈，只是从来没有人见过。

男人很怪地笑，露出右侧两颗黄牙，脸左侧的肉猛跳几次，随后他轻轻地拍了拍小桃的手背，说要带她去一个地方。

找一个本地人结婚，这是工厂里很多女孩子的梦。当然是那些有些姿色的，一般的人谁敢想啊。为了这个理想，小桃不怕暂时委屈一下，这总比一辈子受苦好。所有的钱又都已寄回了老家，成了家里的房子、弟弟妹妹们的学费和哥哥的彩礼，现在除了一身职业病，她什么也没有了。在老家她已经过了女孩要嫁人的年龄。

小桃比其他姐妹们多了一个心眼儿，她经常跑到本地人活动的地方，比如云城的灵芝公园、民润市场，还有那些把餐桌快摆到街中间的大排档附近。

在本地男人眼里，工厂妹纯朴，最重要的是干净而可靠。明白这一点之后，小桃越发认为自己这样做是正确的。舍不得孩子套不到狼，总要舍下自己身子。再说，除了这个，自己还有什么呢？这年头身子留下又有什么用。对方老一些，丑一些，哪怕身体有残疾也不怕。

早晚还不是过期作废。想到这些她出门更勤了。

车子终于停了。这是云城的另一端——南澳海滨。她远远看见兴业酒楼门口的两个保安，他们正懒洋洋地靠在柱子上说话。程小桃一下子忘记了方才的紧张。

地面是干的，很明显这个地方根本就没有下雨。让小桃更没有想到的是她看见了满天的星星。她用力跳了两下，并让两只手向上伸直。这样做有表演的成分，除了掩饰方才的害怕，更重要的是她发现男人正欢喜地看着她。当官男人受了感染，你喜欢星星啊，这有什么好看的，看你高兴得像个小孩儿。

小桃说，是啊！我们老家比这儿多出好几倍，我数也数不过来。每次数完了又冒出一些，最后都把我和弟弟数困了。

听了这个话，男人笑了，伸出一个食指去刮程小桃的鼻子。小桃回了男人一个笑，没想到男人一把将小桃拉紧，说，我们先不着急吃饭。他把小桃带到了酒楼后面。

看见的是一望无际的海。两个人走到离海还有两三米的地方停下。小桃把鞋提在手上，脚一下子就拱进热热的沙子里。男人坐下，盘起腿。

男人看着小桃说，你知不知道，我都多长时间没有看过天了，你一说星星就让我想起了过去。

小桃不解地看着这个男人，难道还有人看不到天吗。

男人说，你太小了，不懂啊。你知道知青吗？

听说过一点，是不是下乡什么的？小桃看着男人。

见过他们吗？男人问。

小桃摇头。

男人突然去解自己的腰带，把小桃吓了一跳。直到看见男人腰上一块疤痕，小桃才放下心。从伤痕开始，男人对小桃讲了一些做知青时候的事。那些事程小桃并不明白。听男人说话自己也有眼泪偷偷流了出来。不过不是为这些故事。小桃认为男人说的生活一点儿也不苦，更不值得大惊小怪。自己的父母还有村子里的人，现在还不是天天那样生活，有什么了不起啊。小桃的眼泪是因为男人说到了牛和马还有田里的庄稼。她想家了，除了老人和一些孩子，村里还能有谁在种庄稼，她也已经有好几年没有看见牛和马了。再后来就是男人说男人的，小桃想自己的。

不知道是什么时候开始喜欢上本地男人的，对此她自己都不能理解。本地人有什么好，个个身材瘦小枯干。有时她会跑到工业区以外，去看云城的街道，还有楼房里面的灯光。那些灯光特别柔和。宿舍的灯光全是惨白，明晃晃的，刺得眼睛睁不开。车间里也是白白的，外面的阳光也是如此，天空好像没有过其他的颜色，白得让她心里没有底。

小桃家在大山里面，她和家里那个男孩子是背着双方的父母偷偷喜欢上的。男孩家里拿不出彩礼，自己一家老小也眼巴巴等着钱吃饭还有上学，小桃只好退学出来打工了。现在弟弟妹妹能安心上学了，她开始有了私心。钱在小桃眼里就成了一块块还有着温热、金黄色刚出窑，盖新房子的砖头。不过她也想到，家里那个男孩儿好是好，却要等着她一个女孩子的钱，让她心里不舒服。可这些又能跟谁说呢？没有人知道，这是她为自己留下的一条退路。

云城人有很多亲戚在香港，这使得他们每个人都很有钱。小桃不是想要花他们的钱，她认为要有这样一些亲戚才气派。小桃的亲戚可都是穷人，他们那种愁眉苦脸的样子是小桃一点也不喜欢的。村里的人大多数连县城都没去过，更别说见过什么广东人和香港人。小桃一想起有一天自己将带着一个广东男人回到村里，就浑身是力气，那将是多么荣耀的事情啊，比那个在县城当官的远房亲戚不知要威风多少倍呢。

趁着夜色流完眼泪之后，她心里很好受。

很想念那个时候，想念那里的乡亲们，也不知道他们如今怎么样了，他们的孩子也都很大了，还真想回去看看啊。这时当官男人对着前方自言自语。

天完全黑了下来，黑暗里小桃突然觉得这可能是一个让自己可以亲近的人，可以让着自己的人，虽然年龄可以做她的爸爸。

这样一想五脏六腑都有点热、发黏，她就是要找一个这样的本地人结婚，她绝不会像方小洁那样鼠目寸光。

如果对方没有包她或者建立关系的意思，小桃不会与男人上床，小桃认为只有这样才算不吃亏。

两个人都很兴奋，点了一桌子菜，有小桃爱吃的小黄鱼和濑尿虾。男人非要喝一点酒，硬逼程小桃也喝。透明液体刚一进喉咙，程小桃就被呛得直流眼泪。再喝的时候程小桃发现这种东西还是不难喝。

很快两个人的脸都成了猪肝色，小桃感到自己的身子已经飘起来。他们互相望着，小桃从来没有过这样。她看见男人眼睛闪着光。最后连衣服也没有脱，男人就在沙发上要了她。

程小桃没想到自己是这么草率，主要是节奏没有控制好，才见过两次就到了这种地步。也许是喝了酒吧，程小桃在为自己找理由。她怕男人认为她贱。她要找一个机会解释一下，绝不能为图一时痛快而坏了整个计划。以小桃以往的经验，快了反而会坏事。

坐在男人身上，身后对着没有上锁的门。看见程小桃紧张，男人就越发得意，他说让他们来看呀！你看我们两个现在像什么，我们的身体不过是长在一起，你说是不是啊？

小桃向后拖着自己的身体。

男人就说，我都不怕，你一个外省的打工妹还怕什么？

程小桃不说话，过了一小会儿，她闭上眼睛装醉。

透过眼皮，感觉男人的目光在小桃脸上停驻。

男人伸长了手臂，把小桃身后的灯光调到最明亮，小桃好像又回到了自己的车间。

小桃想制止，却看见男人正从她眼缝外面笑，随后用一根粗硬手指来提她的眼皮，强光刺进小桃眼里和身体的最底部。

男人笑着说，告诉我，你最大的理想是什么？

把小桃给问住了，发了一会儿呆，仍答不出，她很少这样想问题。看见小桃不说话，男人又问，也就是说，你最想得到什么？

我，我想喝你们云城人煲的那种汤。这样一句，把小桃自己也吓一跳。除了知道云城人喜欢讲排场、信神拜佛，还知道他们有一种神秘的东西，那是一种很特别的老火汤。味道从上午十点左右到晚上六点，一直都飘荡在云城的半空中，让小桃全身上下有一种说不出的通透和舒服。这些话她从来没对人说过，不知为什么，她觉得难以启齿，人家会以为她小桃就是一个馋嘴的女孩，包括对方小洁。

当官男人说，你真是调皮，那有什么好喝的，你看，我每天都喝，都怕得要命啦！差不多就是受罪啊！你说的不就是一些什么西洋花、萝卜、排骨放在一起煲的那种破汤吗？你真奇怪，不过我还很喜欢你的这种怪念头，快说说除此以外还有什么想法？

小桃说，我认为你们本地人有一种我们学不到的样子。知道此刻自己正绕弯子，小桃为自己的心计很是得意。谁都明白汤就是代表一种居家生活，代表着到了晚上可以在干净而整齐的街道上散步，可以自由进出海关，有不用被人检查证件的优越。小桃的确喜欢他们那种衣食无忧的生活，还有他们把家里的堂客叫太太，把女人一律叫小姐，这一切都让小桃感到新鲜和说不出的高级。

男人笑脸上有了一种很奇怪的表情，他显然没有弄清小桃这句话到底是什么意思。

小桃说，我们老家人一天到晚苦着脸。见男人在听，小桃又说，你们云城男人对什么好像都无所谓。

男人笑了，那是因为你们老家人爱思索，看起来你们老家人个个都是思想家啊！

这一回小桃没话了，她根本没有想到男人这样轻松就打发了她的问题。这种回答让小桃有苦说不出。

男人把两个手指放在小桃脸上说，好了！不说这些沉重的话题，你真是年轻啊，我的女儿也像你这么大。

她现在在哪儿？小桃只得装出关心，不过还是有点生气，想跟她交往就不应该对她提什么儿子、女儿之类。不就是让她先做二奶吗？又不是没有心理准备，何必说得那么清楚。

在外面读书呀。男人笑着又说，奇怪，你还这么年轻，怎么就不读书呢？他盯着程小桃的脸，现在这个社会没有知识可不行，所以才导致你有汤啊饭啊的可笑理想。

程小桃苦笑了一下，眼睛看着别处再也不想说话。

谁家不愿意让自己的孩子上学呢，难道农村的孩子就不是人吗？汤和饭又怎么了，程小桃这样想着的时候身子就冷了。

2

程小桃和方小洁同时在一本书上看过这样的话，如果你想甩掉一个男人的纠缠，最好的办法就是跟他借钱。

这一招程小桃认为还真管用，不过只试一次就得打住，她和方小洁的理想并不一样，她要在男人面前装成淑女，只有这样才有可能做本地人的老婆。这个理论对方小洁就更不适用，甩男人干吗，那是有钱女人们用的。方小洁认为写书的人都是饱汉不知饿汉饥。

和程小桃一样，方小洁也来自盐县，都是喝洞庭湖水长大的。这是小桃到了工厂四个多月以后才知道的。

不过也没什么，厂里大部分都是四川、湖南、江西人，要找老乡还是很容易，只是老乡观念这两年无论在哪儿都已经淡了。

要嫁一个云城男人，这是她的秘密。刚开始连方小洁也不知道。有了心思的小桃主动去发现了云城的许多优点。夜深人静，她经常用这些优点跟自己的老家比较。比如这个城市四季可以穿裙子。当然在工厂里的小桃也没有多少机会，她们要一年到头穿工装。还有云城人爱清洁讲卫生，他们每晚都要洗澡，一见面就问洗了吗?就像老家问吃了吗一样。

最主要的是那个汤，总是让小桃无限渴望。有时是一种墨鱼味，有时是一种浓浓的猪肉香，这对一天到晚吃工厂饭菜的程小桃来说，就是折磨。食堂的饭菜充其量就是熟了，什么味道也没有。望着那一排排通亮的橘黄灯火，程小桃想，什么时候自己也能吃一次那样的饭呢?

当时是在饭堂排队打饭，排到可以看见师傅一张宽脸的时候，她才把手里一小团毛线和两根钢针放在工装口袋里，然后去另一个口袋掏饭票。这一掏吓了一跳，口袋里除了一个钥匙、一个工作牌什么也没有。低下头看前后左右还有地下，除了一摊不小心被泼洒出来的汤汁和不知谁吐的一口黄痰竟然什么也没看见。她急了，不仅可惜了八毛钱，关键是白白排了半天的队，马上就到了，如果空着手走出去，人家会骂她七线（神经病）。

乱哄哄的说话声撞到对面的铁板上有了巨大的回响，听起来就像远处的雷声。饭堂是用铁皮围起来的，到了夏天就有点像蒸笼，伴着回音，小桃脑袋嗡嗡在响。

终于轮到了，许多眼睛盯着小桃。她闪了一下身子，把前面端汤的女工让出去，一脸无奈，看着窗口里一团白，不知道接下来该怎么办。

要什么？快点！师傅的脸上没有表情。之前师傅早看见程小桃浑身上下翻腾，几个师傅都有四五十岁的样子，个个脸宽得像一只大面盆。听说原来就是云城本地农民，土地变成工厂以后，他们也就进了厂。在以女工为主的工厂里，他们的地位很高，虽然他们所过之处经常飘浮着一身油烟和葱花味，嘴角长年累月耷拉着，好像哪个欠了他们的钱。也有一些女孩为了省一点饭票就免费给他们睡，他们当然神气。为了表明自己云城的身份，他们只讲广东话。

翻了几遍还是没有，还要不要站在这里，程小桃一边犹豫不决，一边对着窗口一堆白色挤出笑容。正要开口说话，后面就有一只粗糙的大手，顺着她的下巴伸过来，掉漆的饭盆挡在小桃眼前。一个女工脑袋扛在程小桃右肩上。

干什么，急着吃了去死呀！程小桃也不看后面的人，对着眼前的饭盆张口骂着。

你倒是打呀！发什么呆啊！你以为这是在自家床上睡懒觉？真是神经！一张大嘴对着小桃一张一合。小桃见到了对方的烂牙，摆放那些牙的嘴里正不断涌出一股股酸腐口气，随着口气飘出来的是四川普通话。

要是平时程小桃准会再大骂两句，可现在不行。她的笑容先是有点扭结，随后就变成茫然，最后僵死。今天她不想跟任何人打架，连续一个月，每晚加班到 11 点，半夜才睡，骨头都要散了。再说上一次和一个女工因为排队洗澡打起来，人家两姐妹一起上，自己头发被扯下一大把，到现在都还没长齐呢。

先用这个吧。这个是她的！一个梳着马尾巴的女孩子，对着窗口的白衣服白脸说，随后一张小白纸递进窗口，上面有一个三角形的红色印章。

要什么？师傅挥着饭勺对着程小桃显出一副不

耐烦。

这个，还有那个。程小桃指着花花绿绿的菜。也许是一下子被很多人看，喉管里发出的声音有点怪。辣椒炒腐竹，酸豆角炒肉末，饭是随便打的。脑子空白。要是以往她不会要两样菜，两样菜就是她家新房子的一块砖。平时她都是一个菜就打发了，现在这是一张两块钱的饭票，另外有很多眼睛正盯着，她不好意思那么寒酸。

端着饭和汤走出来，到处都是人，看不到哪里还有空位。她担心有人因为方才的事在看自己，就想着快点找个位子坐下。这时候她看见了给她饭票的女孩子。她坐在不远处，一张台已经围满了人。

如果不是人多，刚才就想问问她是哪个车间的。

正犹豫着，女孩子就看见了她。手高高地举起来，最后人又站起来，向她挥动着手里的一双筷子，最后硬是挪出一块地方给表情发木的程小桃。

菜是小桃平时喜欢吃的，现在摆在眼前却没有了胃口。

女孩子对着她笑，勺子伸过来，几次夹了程小桃盆子里的辣椒，随后又把自己的白辣椒炒腊肉推到程小桃面前。

我叫方小洁！她指着胸前皱巴巴的一个绿色工牌。我知道你叫程小桃。方小洁笑着。

快看那个猪头！方小洁矮下身子，躲在小桃身后指着。方小洁用手指的是饭堂师傅。小桃也被这种叫法弄笑了，说，是有点像有点像。程小桃想起自己被扯下的头发，要是有这样的一个姐妹多好啊。这时候两个人的身体已经挨得很近了。

整整一天程小桃心里都是暖暖的。

第二天冲凉的时候又见到了。都拿着水桶，一个是红色，一个是粉色。两个人都很兴奋，方小洁把程小桃的红桶放在自己的前面，然后就把手搭在小桃肩上，说，要是晚上不加班，你想不想去看录像？方小洁问。

好，我最喜欢看了。程小桃一边点头一边说话，生怕这个提议因为她反应太慢而被取消。

录像厅设在前进二路的最里面。一米长两米宽的广告画，颜色恐怖，摆放在街道的右边，附近发廊的霓虹灯闪着，广告画上面的女人一张血红大嘴，很是口人。各家小店放出的音乐互相搅拌拉扯。录像的名字是《情义无价》。程小桃抢着去买票，方小洁没争。

两个人被一个十来岁的小男孩带着，拐了几次弯，终于走进一个低矮的黑屋子里。

录像早已经开始。坑坑洼洼的地面，刚走了几步脚就崴了，人差点摔倒，好在两个人不知道什么时候已经是手拉着手了。起初只有很少的人，演到一半屋子差不多坐满了。都是一对一对的，头挨着头。有的两个人干脆就坐在一个位置上，女的躺在男的怀里或女的骑在男人身上。

小桃旁边是一个六十多岁的老头和一个十六七岁的打工妹。老头刚开始坐得笔直，打工妹显得扭捏。只低低讲了两句话，小桃就听出了老头是本地人。没了语言之后，老头就开始用两只粗大的手指解裤子前面的纽扣。黑暗中，打工妹从椅子上慢慢挪到了老头腿上……

程小桃以前也来过这种地方，只是没想到这一次会这样。她快快收回自己的余光，想不到老头这时却对她挤了一下眼睛。

为离远一点，程小桃先把脸和身子靠近方小洁，没想到方小洁的身体正在发着一种程小桃认为怪怪的烫。方小洁没有看程小桃，呼出的热气却对着程小桃，熏得程小桃突然觉得自己衣服穿多了。

程小桃不喜欢这里。地上到处都是香蕉皮和一些怪怪的腥味。扶手上是一块块嚼过的口香糖，一不小心就会摸到。还有的人把一双臭脚抬到她们座位的靠背上，脑袋被一双脚夹在中间，前后左右都是低低的说话声和不正常的喘息声……

黑暗中有东西挤进手缝，是方小洁塞过来的几粒咸话梅。随后又有一个软包装冰红茶和一小堆咸花生。不一会儿，程小桃肚子就不好受了。

去了一趟洗手间，没想到里面全是人。有的正对着镜子化妆，有的则是站在过道上与男人砍价。

在放的是一部香港电影，被译成了普通话，演的是黑社会的事情。程小桃发现里面的人都特别喜欢说脏话，男女主角骑着摩托车，车上的人拿着一个铁棒子不停打人。小桃看得并不投入，脑子里一会儿是工厂的事，一会儿是身边老头色眯眯的小眼睛。

回去的路不好走，主要是脚不能摆放在同一个平面上。用了五分钟两个人才一瘸一拐走出胡同。一出来就有点迷路，记得是从另一条道上来的，回去的时候似乎走的又是相反的方向，显然被录像弄晕了。

那个女孩儿穿的夹克我以前也有一件，到了平坦的路上，程小桃说。她指的是电影。

她撒了谎，她不过是看见村里一个从广州打工回来的女孩子穿过。那时她才十五岁，也差不多就要退学了，只是不知为什么她就想这么说。

噢，是吗？那你还挺赶时髦呀！方小洁一点也不怀疑，她笑着用自己的一只热手把程小桃胳膊抓紧了。

一辆载着五个人的摩托车对着她们打着口哨，呼啸而过。方小洁竟然随着发出一声尖叫，同时手也在空中挥了几下。

小桃也坐过几次摩的。在小桃眼里，那些长得稍稍好看一些，脸涂了脂粉的人，才这样飞来飞去。小桃眼里的方小洁挺能疯的，不过她一点儿也不反感。

这一天两个人都很高兴，她们停在冒着烟的油锅边上，每人买了五毛钱一个的茶叶蛋和小油饼。

还没进到厂门口，就发现了异常。几个穿制服的男人正与老板说话，老板是一副讨好的样子，与平时在闭路电视上看见的不太像。

死者与程小桃一个宿舍，是她们邻县的女孩儿，平时不怎么爱说话。有人说她已经在老家结过婚也有了孩子。不知道生了什么病，突然间就死了。已经一天一夜，躺在床上没人知道。直到一个女孩子带着男朋友回来亲热，开了灯，才发现还有人，被吓个半死，那时人早没气了。

宿舍里的人进进出出好像没事儿一样，只有程小桃有点害怕。还没等表现出来，方小洁就说，干脆过来跟我一起睡吧，反正我的被子也够大。其实不关被子什么事，因为这儿的天热得要命。

方小洁的床很乱，一个蚊帐变成土灰色，软塌塌发着霉，和想象中的方小洁不是一回事。床上面有《佛山文艺》和一本《狗年运程》，一对和头绳纠缠在一起的长筒丝袜、一个粉饼和一支唇彩，枕头下面是一个画着男人女人一丝不挂搂在一起的小盒子。

程小桃有点儿后悔了，她突然觉得自己根本不了解这个方小洁，再看看宿舍里其他人，没有人和方小洁说话，当然大家相互间也不怎么说话，与程小桃宿舍一样。

你愣什么呢？还不洗洗睡觉。方小洁拍着程小桃屁股。

3

天还是很热。重复了一天又一天的太阳光芒刺进路上所有没有遮拦的物体。一些建筑物，看上去也不像晚上那样耐看了，它们显得矮而且灰突突。垃圾桶散发出古怪的味道，使这个城市的空气显得不那么纯净。小桃在乱看东西，不过也只是在属于她这个阶层的杂货店里看。店里有两排鲜艳的水桶、五颜六色的毛线和一些花花绿绿的辣椒酱瓶。这里的货主要是卖给附近的女工。每个店铺门前都有一口油锅，上面漂着几块焦黄的薄饼。

站在杂货铺门前，她向街上看着，她发现人们的表情都很相似。着深色衣裤的是外地人，脚下放着行李，他们茫然地竖在街边，身体呈现出疲惫。再远一点就是一些还没有被工头挑走的中老年民工，他们有的蹲着，有的坐在铁锹上发呆，也有几个围在一起打扑克。走动的是一些老年妇女，她们穿着蓝白相间的碎花褂子，手上拿着一些准备回去煲汤的材料。

这一刻程小桃突然感到自己很孤独，脑子里是老家漏雨的房子。

你跑哪去了？几天都没见到你，还以为你病了。见面时程小桃问方小洁。

什么病了！哼！就不想一点我的好事。方小洁装作生气，随后又换成笑容。

你不是想换工吧？程小桃突然用家乡话问。

当然想了，但不是现在。方小洁回答。她的话还没说完，就听见身后有人在跑，两个人也只有终止对话，快速向车间方向赶。到了上班时间，女拉长正用眼睛剜着跑过来的程小桃。随着身后铁门的关上，阳光被挡在了外面，人淹没在机器的轰鸣中。

后来程小桃去过几次方小洁宿舍，不是人不在，就是看见她躺在床上蒙了被子睡觉。

想不想去溜冰？小桃问了两次。

被子下面的方小洁先是没有反应过来，过了一下子才彻底打开眼睛看程小桃，把程小桃看得心里发毛。

我问你去不去溜冰。她重复了一次。

好啊！方小洁终于醒过来了，一下子坐起来，光着上身，一对乳房白花花晃着小桃，小桃赶紧扭过脸看着窗户外面灰蒙蒙的天空。

方小洁笑着说，这样睡特别舒服，你也可以试一下。

看程小桃还是没说话，方小洁用手拍了一下程小桃，行了，别假正经，没那么严重吧。她把一件衣服套在身上，一边系扣子一边说话。

衣服还是没有完全穿好，她露着半个身子看小桃，胸前如同有一双贼溜溜的眼睛并发出很粗的喘气声。方小洁直到见了程小桃脸色变得难看，才快速穿好衣服，她说，我又不是妖怪，不喜欢就算了。

溜冰场其实是一个跳舞的地方，音乐放得很大，场上大多数是女工。工业区附近是新一佳商场，要是不加班，很多女工都会跑到商场走一圈。偶尔要吃的咸花生也在街边小摊上买，而绝不在商场里买，主要是里面的东西太贵。

几个穿得流里流气，样子又瘦又干的打工仔站在路边，吹着口哨，眼睛在女工身上乱瞄。

有几个人互相扶着上场，其实还是不敢滑，一扭一扭如同踩高跷。一会儿就感觉没有什么意思了，有的扭了脚脖子，有的几个人围在一起嗑瓜子。小桃发现大声说话和尖叫的那几个女孩子竟然是自己厂里的。看了一会儿她明白了，目的是吸引一侧的男工注意。

小桃想，还是城区好，这里只有灰头土脸的打工妹和一些尖嘴猴腮的男工。

回来的路上，程小桃看见有人盯着方小洁看，有的干脆就把车停下，玻璃窗子也摇下来一半。

程小桃起初有点害怕，一看方小洁很从容，自己才镇定下来。

有两次车窗摇下来，方小洁凑上去说话，神情和平时不一样。方小洁先是把头伸进车里，又回过头看着正一脸茫然的程小桃，最后向车里面摇了摇头，车子开走了。回来的时候，她没有拉程小桃的手。两个人好像一下子不知说什么，夜色里只听见两个人的脚步声。

快到厂门口的时候，方小洁明显放慢脚步，她对程小桃说，你不会看不起我吧。彼此的脸在夜色里看不清楚。

程小桃低着头看着自己模糊的鞋，没说话。她已经明白方小洁在干什么了，谁都知道厂里面有一些女工就是这样找钱的，她也知道个别女工受不了身体的折磨已

经和同性姐妹好上。只是一直也不知道是哪些人，又是
通过什么方式。

你拍拖了吗？方小洁在夜里发出的声音有点怪。

程小桃摇头，眼睛并不看方小洁。

也就是说你还是一个干净的女孩，你还是处女，那
你就有资格笑话我了。

程小桃快速地反应，我没有。

什么你没有？你就是笑话我，不过我也不怕。方小
洁装作无所谓。

看见小桃把脸扭向一边去看空洞的公路，方小洁又
低下声音，有点儿煽情，小桃，你千万不要去做这个。
方小洁是用家乡话说的，平时她们两个都是说普通话。
方小洁说话的样子像一个长辈。想起方小洁坦坦荡荡什
么都亮给了她，程小桃就觉得自己有点对不起她，不过
她还是不想与方小洁交底。

4

当官那个男人把程小桃带到一个别墅里。

没想到里面什么都有。

外面养了一只很大的狼狗。狗对着他们乱吼一阵，直到男人从袋子里拿出一块猪肝扔过去，狗才安静下来。

很快他就把自己剥干净，他和程小桃的身体叠着挪到窗口。

狼狗对着行人乱叫，鸟在海面上低飞。

秋天了，秋天的海边已经很少有人过来观赏。这个城市的人太喜欢热闹，没有人欣赏冷清的海面。

当官男人在小桃后面拍打着，舒服吗？他问，好像身下是一只正在交配的母马。

小桃想，他忘记海滩上那些话了吗，那些话多好啊。

嗯。这是程小桃喉管里发出的声音。眼睛向着外面，和大海连在一起的天空让小桃感到心疼。

天快亮的时候，小桃醒了，她没有去看身边的男人，而是静静地躺着。她听见了海水拍打礁石和贩运海鲜的小贩们在讨价还价。

本地人为什么过得那么好呢？老家的人一天到晚辛辛苦苦做事，到头来还是过穷日子。都是人，为什么人和人有那么多的不同，都有户口，为什么户口和户口有这么大的区别。她在想。

回去的路上，当官男人没有说话，他戴着墨镜，手一直握着方向盘。车开到一个垃圾桶边上，他拉开车窗，小桃看见晚上用过的毛巾和牙膏被男人准确扔进去。毛巾是昨晚小桃在商场里认真挑选的。

小桃不想说话，又是一次性的，计划再次落空。

车一停，程小桃头也不回就跳下车，她不想回头。

伪君子！小桃小声骂了一句。觉得自己做作了，又不是那种真心喜欢。一次次与男人交往，不就是想博运气吗？反正也没损失什么，又多情什么。正这样想着，身后有人叫她了。

是男人在车里喊她。男人从车上递过来一张白纸，上面写着 139 开头的手机号。

5

两个月以后，小桃和方小洁在厂外见面。

程小桃盼顾的眼睛还是被方小洁一眼就看明白了。

两个人都停了一会儿没说话，方小洁接过程小桃递来的夏桑菊饮料，喝到了一半，才用家乡话说，你为什么这样？

程小桃眼睛看着别处，没说话，她明白方小洁指的是什么。

我跟你说话呢，你听到没有？方小洁加大了声音。

呵，你说什么啊。小桃故意嬉皮笑脸。

方小洁说，我问你为什么要做这一行。

哪一行啊？我做哪一行啦？

你没做吗？那就是我看错了？方小洁很夸张地发出一声冷笑。

她的样子激怒了程小桃，程小桃扬起头对着方小洁的脸，请你别在我面前扮演明白人，我告诉你，我跟你方小洁不一样，也就是说，我们根本走的就不是一条路。程小桃改用普通话。

你真是傻啊！方小洁也改回了普通话，态度温和了一些，说，什么不是一条路啊。

小桃发着狠，你就是要钱，而我不是，告诉你吧，我就是想找一个本地人结婚过日子。

方小洁脸也变了，你傻瓜啊！你以为他们傻吗，他们只会找一个外省妹来玩玩，结婚？你发大头梦吧！

这回小桃气短了，想了一下，说，那你干吗又要去做那个呢？

方小洁眼睛有点红了，你还没恋爱，就是说你还没有给人开过，那就要好好赚钱回去找个人恋爱结婚。我和你不一样，我是实在需要钱。

程小桃说，你以为我就不需要钱么，你说说厂里哪个姐妹不需要钱。

程小桃心里想，你方小洁就真的了解我吗？要知道找一个本地人结婚可是比什么都实惠，我只是不想跟你讲得太清楚，免得你来跟我争。

最初小桃还是喜欢家里那个男孩。可是，一想到让她跑出来赚钱，心里就不痛快。这是什么事儿啊。让我一个人挨苦受累，他倒是在家里天天看书。

每次想到这些，就会更加烦躁，这样一来，小桃到城区的时候会更多。

这之后两个人都是结伴到城区里面玩，主要是为了安全，但几次下来就感到有不好的地方。程小桃长得好看，圆脸，皮肤又比方小洁嫩。虽然是单眼皮，眼睛却很明亮，更主要的是程小桃长得很丰满。方小洁长了一个方脸，左面的脸上还有一颗很大的黑痣。虽然涂了很多干粉，却还是没有程小桃好看，也许是脸上的颧骨太高，而且毛孔有些粗。不过两个人共同的地方就是下眼圈都有一些发灰，这是经常上夜班害的。

那些出来玩的人一看，一般都是想要约会程小桃。小桃并不一定就同意，因为她的目的是找一个本地人，对于那种只想玩一玩给点儿钱的人，她都是不理的。没想到结果就是越发让男人们喜欢了。这样一来就让程小桃觉得有点儿过意不去，对不起方小洁。一开始坐公共汽车，吃夜宵她都是抢着买单。方小洁也不领情。几次下来这就让程小桃有点儿不高兴，又不是我要抢你的生意，再说我也不是做生意，我是准备谈恋爱结婚，同伴但并不是同路人，再说谁让你长成那个样儿。其实小桃刚认识方小洁的时候还是觉得她长得还挺好的。

方小洁的客人什么样儿的都有。很多都是在大排档附近谈好，然后就一前一后进了附近小店。黑着灯，所以人长得什么样子，基本上看不太清楚。有时候方小洁也想恶作剧，说要开灯。这一下男人吓坏了，光着身子挡住方小洁伸向开关的手。到了后来也有了一些经验，年轻男人关注的地方是她的脸还有腰，年龄大一点的，不怎么感兴趣她的脸，只是对她的胸和臀下了很大的力气，摸一把好像就要取下来，咬的时候每一次都会让她疼好几天。有许多是开摩托车的拉客仔，他们浑身都是汗酸味，会选择到发廊或小食店解决问题。

还有一些是开着汽车的。一般就在车里解决了。这让方小洁很讨厌，首先是不方便，其次是认为不把她当回事儿。每次把车开到偏一点的地方，男人从前面一跨，腿就来到座位上。拿一件衣服放到倒后镜上挡住，两个人都不脱下全部的衣服。方小洁半躺半坐，一会儿车窗上就已经满是哈气。

有一次他们被两个治安员盯上了，突然来敲窗，要检查身份证，男的一下子吓坏了，开了车就跑，裤子差一点掉在脚下，方小洁透过后窗看见两个治安员正笑得前仰后翻。

每次对程小桃讲完这些事她就后悔，可是每一次又总是忍不住。这样的事儿她可以与哪个说呢？怕小桃看不起她。小桃说过她们不是一条路上的人，这分明就是说自己更低人一等。

小桃目的非常明确，一点儿商量余地也没有，绝不像她这样。被小桃这样比着，方小洁的底气没了，也就显得没了身价，虽然小桃从来没说过什么，但是方小洁明白程小桃的心思。

最让方小洁生气的是一个戴眼镜的家伙，一上来就为方小洁进行妇科体检。从里到外探索了一遍还是不放心，正犹豫着，方小洁说话了，好了没有？

男人怔了一下，没说话。

方小洁说，你是来找东西的，找到了吗？没事儿我可就不奉陪了。

跳下车，再慢一点儿她就想给那个人一个大耳光，像电影里那种。还没等对方缓过劲儿，方小洁就转回头大声说，拿钱！

什么拿钱，我又没做！男人猛地拉下手刹。

方小洁愣了一下，一把拉开车门。车门打开了，一部分安全带拖在地上，男人脸上露着凶恶，准备打火。方小洁迅速跳到车尾去看号码，看完了她站在原地不动，对车里人点头微笑。

这时深色车窗开了一条缝，挤出一张绿色人民币。

这期间发生了多少事呀，只能对小桃说。方小洁清楚地记得程小桃从来没有表过态，连一句小小的安慰也没有，偶尔也就是笑一下。

一连几天程小桃没有找方小洁，方小洁这样做就是为钱，一点儿理想也没有，让她看不起，在一起多了只能毁坏自己的名声，当然也就影响了自己的大事。

不想找方小洁，她自己也就没去城区里面。下班就懒在宿舍里看书，这是她自己在地摊上买的。她看得很仔细，有的还拿红色圆珠笔画了线。也就是通过这些书，她知道云城紧靠香港，外省来的打工妹太多，致使这个城市男女比例为一比七。

程小桃这回一次就给家里寄出了一千元。她猜家里人肯定高兴死，过去他们是没有见过这么多钱的，直到小桃来到了云城打工。上一次小桃还让方小洁帮忙给家里那个男孩子寄三百元钱，让他买点儿有用的书。当然要瞒着家里人，被村里人和家里人知道可不得了，人家会说她小桃生来下贱，也许还会把小桃当成是干那种事的人。

本来想寄五百的，想了想又放下，辛苦挣来的钱，自己还没花呢。

她想为自己买一点东西。可是买什么呢？

这个时候她又想到方小洁，方小洁现在在做什么呢？

程小桃发现方小洁也好像忘记了前些天的不愉快，一下了班就过来对她说去吃田螺。声音有些咋咋呼呼，小桃能听出来，分明是用来抵消两个人之间的一些不愉快。这种小小的食物也是程小桃喜欢的。她学着方小洁的样子，用一个牙签去掏里面的肉。桌子上面的腐乳苋菜也好吃。方小洁一个一个嗺，动作很快，有的还弄出响声。两个人眼睛对着眼睛笑，十个手指全部沾上汤汁。巨大的风扇在不远处吹，浑身黏黏的，她们偶尔会扬起自己的手给彼此看，然后又是傻笑。

　　同时听见后面有人对着她们说话。

　　坐这儿可以吗？两位靓妹。声音是一个二十七八岁瘦高个儿男人发出的。

　　程小桃和方小洁互相看了一眼，还没反应过来，男人就已经拉着一个椅子坐下来，他靠在正擦手的方小洁这边。

　　吃田螺呀，哎呀！我也喜欢吃这个东西。他一边说话一边就把他穿的人字形拖鞋丢下，一只脚搭在了另一个椅子上。他认真地看了看这盘已经快见底的田螺，说，不过这一家做的可不是最好，等我有时间带你们去一个好的地方怎么样？

老晒（老板），不在家里陪着老婆仔，跑这儿来干吗呀！方小洁一边吃着一边笑着回应对方。

要是有就好了。没了，没了才走到这儿来看你们两个靓妹呀。

一副大大咧咧的样子，正是小桃喜欢的，以前她和方小洁还议论过。小桃桌子下面的脚被方小洁愉快地踢了一下，这个时候男人伸手喊服务员过来加了三个菜。全部都是广东菜，其中有一个是近海的基围虾。

这个最好吃！他不偏不倚抓了两把分给程小桃和方小洁。他说，两位漂亮小姐要多吃一点。

云城男人多会说话啊。两个人不约而同都有这种感觉。云城的方言像是电视剧里面男人和女人用的，非常客气。老家的话，小桃认为只能谈论母猪又生了几个崽和田里的农活。平时有谁跟她们叫小姐、靓妹呢？虽然她们置身云城，但那种客气话很少听到。似乎就没有什么人对她们称呼过什么，好像她们是没有名字的狗一样，就连工厂门口小店的老板娘和伙计都不肯叫一句好听的给她们。方小洁脸上一下子就有了风情。这风情顺着眼角扫到程小桃脸上。小桃装出没看见，心想，这个方小洁天生就是做这一行的贱货。

程小桃和方小洁再次互相看的时候，已经没有什么顾忌。男人又点了两瓶金威啤酒。她们高兴的时候说老家方言，看着男人一头雾水，两个人更加兴奋。都有些醉了，方小洁一只手拿着酒杯，另一只在菜上面比比画画。最后她拉住男人的手，说，老晒，我这个小妹妹绝对够纯。她跟我不一样，人家到现在还没有让男人动过呢。看你也不像是坏人，你要是真想拍拖就来，否则你就吃完埋单给我远远地走人。小桃发现方小洁舌头大了，她一只腿蹲在椅子上，另一只裤脚撸得高高的。

　　我当然就是要找老婆的，男人脸上青筋露出来，一只脚踩上椅子，和方小洁保持了同一种姿势。

　　记住，你可不能亏待了她。方小洁像男人一样用力拍着对方的肩。

　　她这样一说，程小桃很不好意思，脸红了起来。这一刻她觉得自己很对不起方小洁。男人也有点不自在，眼睛却一直偷偷地打量着一旁的程小桃。

　　方小洁是什么时候走掉的，她不知道。直到上了男人的车，她还四下张望，的确喝高了。记得男人说要带她去兜风，去灵芝公园转转。车开了一会儿，似乎还路过了她们的工厂。除了一些来来往往的陌生人，她什么也没有看清。

住宅小区非常整洁。男人家住在四楼。男人先上，过了五分钟以后她才上去。一上了楼梯，人就醒了。客厅里面倒是很整齐，阳台上的花都枯死了，却还都摆放在那里，有点萧条。

坐在沙发上，两个人都没说话。小桃心里已经很踏实，她做梦都想有这样一天。她这是第一次到本地人家里。好事情这么快就来了，她知道男人很喜欢她，看得出这个人是认真的。

你先洗澡吧。男人拿出一套新的洗漱用具，还有一条新的带花边的米色内裤给小桃。

小桃有点儿不好意思。她不想让男人感到失落，只要是以谈恋爱为目的，小桃不怕这种事情。身体是拴住男人最好的办法，只要他试过，就会知道小桃好。小桃对自己年轻的身体很自信。

洗手间很大，里面有一个被玻璃围起的地方。看了一会儿，小桃猜测可能是洗澡的地方，就试着拧开水龙头。没想到水从上面突然洒下来，是冰冷的水，一下子就把小桃的头发和衣服弄湿了。衣服黏住小桃的身体，小桃打了一个冷战。

程小桃猜测曾经的女主人应该很年轻。镜子下面是玻璃钢架子，摆放着一些有英语字母的护肤品，其中有一个是SK-Ⅱ，这个化妆品她在路边小店的电视上看过。早就发现电视里面的生活跟电视外面的生活完全不一样。电视里的人用的水是那么晶莹，连吃饭的样子也都不一样。她经常因为不知道用什么词来形容一下电视和生活的区别而感到无奈。

　　她不知道哪个瓶子是用来洗头的，全部看了一遍还是不知道，最后就干脆用一块放在地上的土肥皂。这让她觉得沮丧。她把这些瓶子里面的东西全部倒出了一点儿分别涂在脸、脖子、手臂上。电视上洗澡出来的人都有一件白色或粉色的睡衣，自己竟然连双拖鞋都没有。费了很大的工夫她才把湿衣服套在身上。因为赌气，小桃并没有穿那条有花边的底裤。在灯光下她心烦意乱地看着自己脚下显得异常难看的松糕鞋。

　　男人没有发现程小桃的不自然，他睁大了眼睛盯着程小桃。程小桃也发现房子有点儿与刚才不一样。啤酒瓶子不见了。男人很快发现程小桃的脚。他拿出一双女人穿的粉色拖鞋说，换上这个吧，舒服一点儿。小桃刚换上拖鞋，男人就发现小桃的衣服是湿的。他拈着小桃的袖口说，怎么搞的，你刚才下水去救人啦？

小桃忍不住笑了。这是很熟悉很恩爱的男女应该开的玩笑。她在电视剧上见过，心一下子好受了，忘记了方才的不愉快。

到了男人洗澡的时候，她就开始参观房间。小桃在一个巨大的婚纱照前停下，一对年轻的男女紧紧拥在一起。都是化了妆的，男人和照片上的人不太像。床的对面是巨大的穿衣镜，镜子下面有一个梳妆台，上面放着化妆用的东西。

一定是那种刚刚离过婚或刚刚才分居的家。这无所谓，小桃认为暂时做个二奶也不算委屈。

很快就有一条白金项链吸引了小桃的视线，坠是一块小小的玉石。

戴上这个会不会像电视上那些漂亮的女人呢？小桃想。

被子和脏衣服花花绿绿乱堆在卧室地上，相互缠在一起，像一个奇怪的小山。另一间显然是婴儿房，床、玩具，还有一辆有许多灰尘的儿童推车。转了一圈，程小桃坐回沙发上看电视。这是她来广东后第一次坐下来看电视，平时都是站在厂外的小店门口。此刻她用手托着下巴摆出一个动作。

男人换了一身休闲衣服出来，与方才吃饭时不一样，两个人都好像一下子不知道说什么了。

男人摸着程小桃湿润的头发说要把头发吹干，不然到老了会头疼的。这一句话让程小桃鼻子酸了。

男人倒是力气很大，只是一下了就泄了，再来的时候就不行了。

他有些不好意思，说，一高兴我就会这样，我想喝点酒，你要不要也来点儿。

程小桃摇头说不要。

再来一次的时候，男人做了很久。不过程小桃发现他像是对着一个地方发脾气。他说，你怎么也骗人呢？其实我也没说一定要处女，我长这么大还没碰上一个处女呢。可是这些假处女又全他妈的说自己是真处女，你跟她们一样也骗我。

他越是这样，小桃越是喜欢，只有认真的男人才会对她有这样的要求。

都是这个方小洁，躺在下面的程小桃有点生方小洁的气，那是我自己说的吗？再说处女就很好吗？连我们乡下都不在意这个。

我的老婆当初就骗我。男人继续说话。现在当上科长又把我给扔了。我真是不明白女人到底是怎么回事。当初不是我，她早成了戒毒所里面的白粉妹。当时他们家里老是求我，我是一个老实人，哪里知道情况啊。男人的眼泪一串串掉下来，把程小桃身体都弄湿了。

你没事吧？程小桃轻轻地触摸着男人的后背。男人像得了休克，突然伏在小桃身上哭起来。程小桃涂了护肤品的胸部很快成了一片糨糊。

他们全部都欺负我啊！男人拖着哭腔。

程小桃基本听明白了，男人也不是云城人，因为结婚才把邻县的户口转进改革开放的窗口——云城。老婆中专毕业，电大大专在读，不久前在机关里面当了一个副科长，天天晚上要陪人应酬，最近又和单位一个副局长好上了，当然就嫌家里男人没用并且碍事，于是提出离婚，肚子里四个多月的孩子也被做了人流。现在两个人已经分居了。

有时候男人一晚上可以喝五瓶啤酒。

你没事吧？男人突然停止了说话，心事重重的脸停在小桃眼前。

没有啊！小桃吓了一跳，说，我没有怎么啊！

男人指着小桃的嘴。

怎么了？小桃赶紧用手摸了一下，发现嘴唇有点发麻。于是走到洗手间的镜子前。嘴变成了黑色的，高高地肿起，好像还发着烧。

男人用手围住了她的身体说，好了，傻妹，你肯定用了这个，是不是呀？他举着一个小瓶子。这是用在这儿的，傻瓜！他指着小桃的胸前。

小桃没想到自己竟在本地人家里出了这样一个洋相，气得不得了，本来想好要安慰男人的话也全忘了。

程小桃赶在工厂大门还没关上之前回去了。司机男人一下子给了她一千块钱，还有一排鸡蛋，差不多是小桃在工厂两个月的工资。这个没有让程小桃有多少兴奋，倒是鸡蛋让她感到了温暖和兴奋。什么人才会这样呢？小桃在心里自问自答。只有自己的亲人。她一下子觉得自己真的与这个城市有了联系，似乎闻到老火汤的味道……担心挤坏了鸡蛋，她不敢坐公共汽车，自己走路回来。司机男人一会儿硬一会儿软的身体也让她想了好半天。这个城市里面的人看起来都是好模好样，其实也不一定就真的幸福。这是程小桃此刻的发现。

那什么才是幸福呢？难道就是这个？她摸了一下胸

口处放着的钱。

家里那个男孩子嘴上不说，但小桃知道他也在等着她的钱。当然家里那个男孩子也是喜欢她的。小桃要出来的时候他就想做那个事，可是小桃不答应，她觉得那可是一个大事，不能稀里糊涂。就像她的新房子一样，一点也不能含糊。去年再回去，她终于躺在男孩的床上，鼻子里却回旋起云城浓浓的汤味，克制不住自己想念云城。

你看到没，云城男仔长得很特别啊。程小桃和方小洁调侃。

方小洁笑着问她，你是不是喜欢啦？

你才喜欢呢！小桃用老家话回着。

喜欢就给你找一个，生个广东崽！

云城男人是她们两个人最感兴趣的话题。

小桃鼻子前经常回荡着一种味道。到底是用什么做的呢？肯定有排骨。还有什么呢？小桃想不出。记得去年"五一"节厂里放假，食堂没有开火，宿舍的人用一个电炉子做饭，小桃跟在云城人的身后去买了几样类似霸王花、萝卜之类的汤料。想不到最后煮出来的汤竟然是苦的。

小桃想，只有云城人才握有煲汤的秘诀。

6

司机一直也没来找她，小桃很烦躁。走到前进二路一个书报摊前，她停了下来，看着灰蒙蒙的天心里很空，她想找一个人说说话。跟谁说呢？

这个时候她不想找方小洁，就是不想让方小洁取笑她。发了一会儿呆，她就给那个当官的男人打了一个电话。她忘不了那一晚的星星。

电话通了，当官男人问，谁呀？

小桃说，是我。

当官男人停顿了一下。听到当官男人的声音，小桃突然有了眼泪。对方好像看到了她的表情，开始细声细气说话了。

最后小桃撒着娇，现在你要是不来，今后就不要见面。小桃从来没有想到自己这么大胆。

十分钟不到，男人就到了小桃约好的店里。小桃穿着一身刚买的睡衣站在前台看电视，有一搭没一搭地与服务员说话，嘴里吃着对方递来的话梅。

进来时还兴冲冲的男人见了小桃，脸色一下子变得难看。他好像根本不认识小桃，径直走到房里，一把拉上窗帘，坐在椅子上，并不跟小桃说话。

程小桃关了门，心虚地对着男人，说，没想到这么快，你怎么啦？

你怎么这样？当官男人的眼睛并不看程小桃，说，我这个人最反对庸俗你知不知道？你跑到这样一个地方和一些这样的人说话，是要显示自己比她们优越是吗？

程小桃说，我没有啊，不就是说两句话吗？

你怎么这么不懂事呢。你为什么不懂得保护我，我这种有身份的人，最怕就是人家利用我的身份去惹事。

程小桃这回也生气了，你什么意思？我怎么惹事啦？

好啦！不说这个了！当官男人扭过头。

又过了一会儿，空气闷着，当官男人穿着衣服躺在床上，眉头还是紧锁着。

告诉你多少次，你怎么还不记得呢？让你不要给我发信息或者随便打手机，你偏不听。本来她就多心，这回可好，你知不知道影响有多不好，我的女儿也快有男朋友了。

让小桃认为不错的地方，就是这个男人给了她一个手机号码，别的男人，什么都好，只是想要再进一步联系的时候，就开始结巴或者退缩，小桃试验过很多次。

程小桃不说话，原来想解释的话也咽了回去。她根本没想那么多，再说她也不认识其他人，没想到当官男人发了那么大的火。

见小桃不说话，当官男人说，行了，都过去了，以后记得长个记性。我等一下还要去开会，没有多少时间。说完就去解衣服扣子，见小桃还站着不动，他停下手对小桃说，你还愣着做什么？见都见了。

这时小桃才背过身慢慢地把手伸向连衣裙拉链。

外面是刺眼的阳光，厚厚的窗帘把阳光全部挡在了外面。小桃脱好了衣服，才发现当官男人还是穿着一身西装躺着。他紧闭着眼睛，一看睫毛就知道人并没有睡。小桃把手伸进男人衣服里，很快就感觉到了对方呼吸急切。小桃微笑一下，放了手，转了身子，微闭着眼睛去等当官男人。过了半晌还是没有动静，小桃正想回身，当官男人突然长长叹了一口气，这一声竟把小桃的眼睛吓开了。

当官男人对着天花板说话了，我要出差一阵子，你好好做工，记得今后不要再找我。

小桃想了一下，说，你不是有手机吗？也不能打吗？

打什么打，又打手机，飞机上怎么能用手机呢？你怎么什么也不懂？

被他这样一说，小桃不说话了。她的确没有坐过飞机，长这么大她只坐过汽车，第一次坐就是坐长途来到云城，她当然不知道飞机上面不能用手机。

停了一会儿，两个人都没有说话，显然当官男人有点不好意思，过来拉小桃的手。

见小桃还是没动，他就欠起了身，从床头的皮袋子里拿出一个厚厚的信封，递到小桃手上，说，这些钱别乱花，快点寄回老家。

见小桃没说话，男人又说，回去好好找个人嫁了吧，不过也别委屈自己。

小桃其实有很多俏皮话，这些天她与方小洁学了很多黄段子，本来想在做完了事以后说说，让他也知道自己不是那么老土和幼稚。这么一来，她的话突然不知怎么说了，喉咙突然有些发紧……

7

一周以后在电视上见到那个当官男人时，小桃和方小洁正在厂门口的小店买肥皂。

太好啦！这个家伙到底被抓起来了。方小洁大着声音，一边吐着瓜子壳一边对小桃说，这就是那个骗子，利用一个云城的假身份证，骗了三十多个女人的钱，早就听说公安局在通缉他了。

电视上说，这个骗子用一张云城的身份证与各种女人谈恋爱，还配了许多个别墅的钥匙。反正云城女人多，离了婚的更是大把。不过他也有失手的时候，两个被骗的女人通过查手机，查明了真相，合伙把这个人找到并报了案。之前公安早已经盯上他。他曾经在云南昭通地区下过乡，从来就没有结过婚。

现在看着方小洁的嘴一张一合，小桃感到一切都像是做梦。

他所谓女儿什么的看来也都是假的，还有他的工作有多么忙也不是真的。一个好端端的官员怎么一下子又成了骗子，为什么要去装扮成当官的？交往有半年了，虽然他批评教育过小桃，但他每一次都给足了钱让小桃买衣服、坐车。对小桃说过的那些话，想起来都在理啊。这些话是她的父母不懂说，其他人不可能说的。小桃曾经一直暗自得意自己的眼力。

第二天早晨，程小桃见到方小洁，方小洁脸色非常难看。她一把拉过程小桃走到仓库边上，四下看了看才小声说，这回惨了，我好像得病了。

程小桃脸色也变了，两个人都明白怎么一回事。

肯定是那个猪头身上的。方小洁说的是饭堂师傅。

是吗？怎么会是他呢？她知道方小洁也一直讨厌那些家伙。小桃问，去医院看了没有？什么时候发现的？

方小洁说，跟那些广告上说的一样，到那边的两个诊所里看了，说是。

这一下程小桃也傻了。自己虽然和方小洁不一样，但是也接触过很多男人，都没有采取措施。主要是不能带，自己又不是做那行的。这样一想身体也开始不自在了，怎么办呢？要不，再去人民医院看看？她说。

你傻呀！人到了那儿，还不给抓起来！现在风声多紧，马上就会被人家送回老家去，你不怕呀？！

程小桃身体开始发软，一对脚很沉，再没了力气。整整一天都不知道怎么办，连饭也不想吃。

就是这个时候，她收到了家里那个男孩子的信。信写得特别好，话非常客气，似乎知道了什么一样，他用了许多深奥的成语和句子。

信的最后说要和小桃做一生的好朋友，并祝小桃成功。

拿着信，拖着一对已经灌了铅的腿，小桃躺回到宿舍，平时她这个时间不会回来的。没想到床上有一个女工带着一个男的正在蚊帐里。小桃进来就直挺挺地躺在床上。做事的两个人停了，男的还回了一下头。

躺到床上的小桃很快就睡着了，她做了一个梦，先是在草地上跑，天上有黑云压下来，必须跑到房子里，可是双脚怎么用力也跑不动。身上很沉，压在她身上的那几个男人她感到面熟，一个好像是那个司机，还有一个就是那个当官男人，最后一个竟然是老家那个男孩儿。家里那个男孩儿告诉她，家里的房子盖好了，就等她回去办喜事。然后新房子里出来两个人，是家里那个男孩子和一个漂亮的新娘子。新娘子有些面熟，再看竟然是小桃的妹妹。再到后来又变成了方小洁一只手在她身上摸索，程小桃被突然惊醒。

天已经完全黑下来,竟然真的是方小洁在她身边,方小洁正对着她笑,手上还拿着一个肯德基面包。

小桃接过来,脑子里还有梦里的事儿。

撕下一小块放进嘴里,面包是苦的,很像小时候因为太饿而偷偷吃过的蜡烛。

没事吧? 刚才你睡得好沉啊! 方小洁看着程小桃的眼睛问。

小桃摇了一下头,没说话。

8

再见面的时候,司机男人明显比过去瘦了许多,可是却显得很有精神。

他车上就想要,手放在程小桃的两腿间,被程小桃用手阻止了,因为她不喜欢这样一个地方,再说又是一个拉货的车。

一路无话。一直到家里,司机男人像一个被摇晃了很多次的啤酒,随时准备喷射或爆炸,喘气声很粗,程小桃全看在眼里。这一次司机男人和她一起上楼，一脸的喜色，遇上熟人他主动去和人家打招呼，恨不得把身后的小桃也介绍给每个人。这让程小桃后悔没有穿上那条粉红色裙子。

这一回没有等到洗澡。两个人像是久别重逢，效果非常好。男人一直用云城话喊着，老婆仔！老婆仔！听了这句话小桃亲得不得了。

小桃像电视里的女人一样发着嗲，你是真的想让我做老婆吗？

司机男人说，我就是想要你这样一个女人！

小桃发现自己害羞了，说，可我什么也没有。

司机男人红着眼睛说，我他妈的不要女强人，你什么都有，其实你什么都有你知吗？傻妹！

真的吗？小桃激动得差不多要崩溃，梦想经过了千辛万苦就要实现了。

当然是真的！不过你先要叫我一声老公，快点！

不要啊，小桃身子软了，她对着男人撒着娇。

什么不要？快点！你不想我做你老公啊？

以后会的，以后我会的。小桃主动吻着司机男人。小桃在心里可以叫上一千遍，但是嘴上就是叫不出。

那不行！司机男人装作生气，你到底叫不叫？

小桃逃不过，低着头，嘴几乎没打开，闷闷地发出一声，老公！

只是这一声，司机男人就把小桃紧紧抱在了怀里，把白白的胸部全面贴住了程小桃。这是小桃从来没有享受过的。司机男人在这个房间里做完就换到另一个房间，根本不管墙上挂着照片。小桃很不自在，总觉得有一双女人的眼睛正冷冷地看着她。司机男人好像看懂了小桃。小桃越是怕，他就偏要在这里做，他说，我要气死她！看她再欺负我。

不想扫兴，小桃只好光着身子跑到客厅，司机男人一路跟过来，发现有意思，就在小桃的身后抱住。小桃正等他的下一步，司机男人却不动了，司机男人软软地贴着小桃，我的老婆仔，不行啊，这里供着神位呢。

果然柜子上面有一个物体在发着银光。

两个人重新躺回床上。司机男人把手放在脑后枕住，眼睛一动不动看着天花板。

借着外面的月光，小桃觉得眼前这个人有点像家里那个男孩儿。她把身子靠近了司机男人，听见对方叹出一口气。司机男人轻轻拍了拍她的脸。两个人手拉着手躺在被子里。小桃把被子堆在下巴下面，她知道粉色会把自己的脸映得嫩嫩的，很好看。

她突然想起自己的愿望。来之前她特意去市场上买回了煲汤的材料。小桃说，喂，我想吃你家里做的饭！

什么？司机男人半裸着身子差一点儿坐了起来，他奇怪地看着小桃。

我洗菜、做饭，你负责煲汤，你只要煲两碗就行，汤料我都带过来啦。

男人不解地看着小桃。

小桃则越发得意自己的想法，你知道吗，我最想吃你们云城人家里的汤。小桃以为男人会喜欢自己的想法。

汤？哈哈！你这个北妹，那有什么好吃的。家里早就不开火，很久没交钱，管道煤气给停了。司机男人说。

看见小桃不说话，司机从堆在一旁的裤子后袋掏出一张粉色钞票递过来，拿去！等一下到外面去吃点吧。

看见小桃还是不说话，司机男人就靠过来讨好小桃，你长得真好看。

小桃依旧着刚才的不高兴，说，有什么好看的。

是真的好看。你们北方女仔皮肤好，身材又正。

小桃不太想说话,但是已经不那么生气了,她应付着,是吗?她慢慢把脸移到司机腋下,男人的皮肤细腻得有点像女人,她闻见了他的狐臭。

没想到司机男人突然就变了脸。有一些响动,显然是钥匙的声音,随后有了不均匀的敲门声音。

空气突然变得紧张,程小桃和司机男人对望一下,知道有麻烦了。

男人光着脚移到门前,眼睛对着猫眼,他看见一堆白色的纸袋子和一个短发女人正在他的眼睛里不耐烦地走来走去。

一阵响亮的声音,两个人都被吓了一跳。是电话。当然不能接,两个人的眼睛一直盯着那部黑色的电话,好像它是一只炸弹。

楼道里女人在同什么人打招呼,听得出是讲云城话。

电话不响了,房间里出现了短暂的寂静。

不知何时两个人都已经穿好了衣服。小桃靠在沙发里,这个时候她突然看见身边摊开的《云城晚报》。一个标题把她的眼睛吸过去:广东靓汤最可能是致癌物。

上面引用了一个医学博士的话:这种被云城人津津

乐道的老火靓汤，其实很可能是导致癌症的祸首。他举例说明，自来水被反复地煮五个小时，已不能再喝，而有着各种材料的汤，经过反复地煮，也已经发生了多次的化学反应……

不知过了多久，男人才如同一条咸鱼，软塌塌从门前倒向沙发，似乎再也直不起来。显然女人已经离开。

这个时候他才想起程小桃，回了头说，对了，你也快走吧。从楼顶的天台上过去，那儿有可以爬上去的梯子，千万别让她看见。这个家伙最狡猾，他妈的！这个死八婆，一有困难就来求我，等好了，再把我一脚踹开，好在这个门被我反锁了。哼！她一直想找证据，多分一些家产，可是没那么容易。说完这句话，男人得意地笑了。

小桃走向自己的鞋。

喂！先等等，男人拉住了小桃。这回司机男人甩开拖鞋，又一次像鱼一样轻轻地向门边游去，眼睛对住门上的小孔，身体挂在门板上，露出腰上一截白里泛黄的肉。

突然司机腰上的手机发出了剧烈振动，一下子把男人从门上摔回地面。他捂住嘴巴把手机放到了耳朵和嘴之间，身体也同越来越小的声音一样，缩成一团，缩进阳台角落里。几分钟后，他突然变了一个人，身体开始伸展，完全忘记程小桃的存在。他的脸孔红红的，捂着嘴在房间走来走去。……是，是，我知道，我这个外地人，如果没有你，当然也就做不成本地人，也就没有我的现在。我怎么能忘记呢？放心吧！只要你还让我成为名正言顺的本地人，让那个副局帮我换一个工，我就是做牛做马也愿意。接着他又说，过去那些都不提了，都是我的错。你回来吧，这一段时间我真是想你，让我们好好地生一个漂亮的宝宝，我们不会让他受一点儿苦，我们的宝宝会成为最幸福的云城人。

放下手机，男人松了一口气，瘫在沙发上，身体这回完全成了一摊稀泥。他并没有想到程小桃正用眼睛盯着他。

男人回过神来，你，你看我做什么？你怎么还没走呢？

小桃问，她是谁？

司机男人说，这个你都听不出，我老婆喽！

小桃一下子被这样的回答噎得没话，喉咙有点疼。

她想了一下，对着男人的脸说，你不是说要跟我生一个孩子吗？还说南北结合生出来的肯定最聪明。

这是半个小时前，男人最激动的时候对她说的，当时小桃很不好意思，装出难为情，甜蜜地去捶打司机后背。小桃越不好意思，男人就越是逗小桃，你不想吗？你不想吗？

是，是啊！我是说过这话。现在男人结巴了。

小桃冷着脸问，那孩子的父母是谁呢？

傻，当然是你和我了。男人又过来摸索小桃的脸，小桃却一下子闪开，男人的手停在半空，最后垂了下来。

小桃问，你不是刚刚对着电话说，还要和你老婆生一个宝宝吗？

男人显然被小桃的话问住了。停了一会儿，他搓着手，笑了，说，刚才你也听到了，所以呢，我也就没避你。我知道你是一个善良的女仔，我的意思是这样，你是一个外省妹，我们始终不可能结婚。那要是万一有了，就先怀着，到时候可以打出来，用福尔马林泡上，放在瓶子里。反正我在医院有朋友，这个你根本不用担心，这样我们也可以经常看着他了。话慢下来，他斜着眼看了一下程小桃。见小桃脸上没有什么表情，他又说，你说，我说的好吗？说完这一句，司机男人的手伸过来去抚摸程小桃的头。

我操你祖宗！！小桃对着男人一张黄脸狠狠掷出自己的吼叫，要是再近一点儿她的手掌就要挥过去了。

像一颗炸弹，小桃和司机同时被半空中突如其来的声音吓住。他脸色变成灰色，惊慌地返回头去看身后的门。

我告诉你，司机仔，就是我程小桃去要饭，去街上拉客，做鸡婆，也要好好地养着我的孩子，像你们这种禽兽是不配有孩子的！

说完这句话，小桃拉开门，然后重重地摔上。刚向上走了两个台阶，她就转了方向，咚咚地发着巨大的声响向着楼下走去。

爬天台，为什么呢，那么危险，我才不想死呢！要死也是你去死！她嘴里咕噜着，大摇大摆地从四楼走到一楼，看见楼下一个年轻的南方女人正站在门口，对着一个粉色的手机说话，程小桃一眼就看出是照片上的女人。女人好像还特意看了小桃一眼，程小桃眼皮没眨一下。她大摇大摆走在女人的视线里，口袋里放着那瓶SK-Ⅱ晚霜，这是临出门时突然决定的。

最后悔的是没有把那条白金的项链带出来，还有男人口袋里那些粉色的钞票。

9

程小桃和方小洁两个人一直走到了城边上，才见到一个挂着长方形牌子的小诊所。

是一个年轻的医生。样子冷淡，这反倒让方小洁放心了。要是骗人的地方会对病人特别热心和客气，这是她的经验之谈。到了这时候，方小洁还说这样的话，卖弄自己的所谓经验，让程小桃很讨厌。

检查的时候医生并没有让程小桃离开，医生手上有一个铁器，在方小洁的私处左挑一下右挑一下，方小洁也只有紧闭眼睛，嘴角随着那个铁钳被不时地扯动着。有一回医生手重了一点儿，方小洁喊了一声。

怎么？你还怕疼？怕疼你就不要选择这种方式生活。话是从医生嘴里发出的，年轻的男医生镜片里发出冷静的光泽。

方小洁还是敏感，铁钳子刚一动，她就变成了需要做仰卧起坐的人。每次都是重重地摔回去，这使她的肚皮一下子出现了两条皱痕。

现在还没事！不过作为一个女孩，我还是希望你知道爱惜自己。话是冰冷的，旋在只剩程小桃和方小洁的病房里。

小桃流出一脸的眼泪，这是她始料不及的，心里涌出一种热乎乎的东西，纵横在身体内外。因为她根本就不想哭，哭泣这种事让她感到污辱，尤其是在方小洁面前。她更喜欢与方小洁比试满不在乎，这才像一个云城人应有的神情。

看见她这个样子，正在整理衣服的方小洁以为程小桃在生医生的气，说，人家是骂我，我也知道自己不是人，你瞎哭什么啊。

没想到小桃的眼泪流得更多，虽然她的神情一点儿也没有悲伤。原来被一个人骂，竟然是好受的，是痛快的，当然，前提必须是这样一个好男人的骂。

现在就连家里人对她也都是客气，那个客气分明是什么都知道的客气，是已经生分后才有的客气，是让程小桃无路可走，无家可回的客气。

丢你老母！！

一出大门口方小洁就对着云城夜空骂出这样一句广东版国骂。

声音引得附近草地里的青蛙大声地叫了起来。不知什么时候她们都学会了云城话。她们过去曾经说过，要是有一天可以像云城人那样说话，就再也不会被当成外地人欺负了。

程小桃看见方小洁回过头，说，小桃，我要结婚了！

程小桃用眼睛盯着方小洁。

方小洁低下了头，说，其实，你也认识，就是一起吃田螺的那个司机。我一说要去告他，把你，还有我，跟他做的那些事儿全抖出来，他就怕了，包括他那个老婆。你知道他们本地人特要面子，两个人马上跪下来求我，他们并不知道我的想法，一开始还想用钱打发我……还有，我知道对不起你，你的事是我写信告诉你老家那个男孩儿的，因为我曾经特别恨你。方小洁眼睛里有一种小桃从没见过的东西，我知道你不会原谅。

方小洁继续说，其实我和你一样，最想喝云城人才会煲的汤。不知为什么，我一闻到那个味道心里就空，就想哭……

程小桃被带走的时候是在深夜，厂里要她带走行李，显然她被开除了。外面在下雨。警车旁边围了很多刚下夜班的女工和附近的民工。

是那个当官男人的案子。小桃怎么也不明白自己何时参与了诈骗，直到面前摆出一个笔录，看到自己名字后面有四个清晰的阿拉伯数字，身子才完全软下来。

雨下得很大，天上甚至还有了闪电。从来没有想到过闪电也会有红色的。借着闪电，小桃看见了远处的山峦，闪电把城市映得异常美丽。

可城市景色再美与自己又有什么关系呢？程小桃想。

复方穿心莲

1

再见到阿丹的时候，方小红还住在婆家。

婆家住在深圳关外，与方小红的小家仅一区之隔。坐月子的原因，方小红按照广东人风俗，在百天之内和孩子一起留在婆家，丈夫也只是周末才会过来团聚，美其名曰：放松几天。

前一晚上的排场很大，在关外最著名的恒丰海月酒店摆的宴席。这主要是方小红家公地位和财力所决定的，不然老百姓谁吃得起一千多一桌的饭啊。

阿丹说那一晚她就在大厅里。不仅在，而且是她安排的一切。当时她穿了一身银灰色职业装，手上拿着对讲机，耳朵上面挂着耳机，总是一边走路一边说话。她那双细尖的高跟鞋，不断行走在光可照人的地面上。每次走到有玻璃地面的时候，方小红都会为她捏把汗，生怕摔倒，搞出洋相，影响了宴席的气氛。

不知阿丹在场子里绕了多少圈，才来到方小红这张台前，与人打招呼并对服务员交代些事情。方小红趁机从侧面打量了她。身材倒还算适中，就是一张脸堆满了笑令人讨厌。方小红心里冷笑，还以为什么了不起的人呢，不过一俗物。阿丹这个名字在她心里一直盘旋着。

后来，也就是再见之时，方小红摇着头说实在记不清了，太多人，场面很大，太乱了。这样说也对，那一晚她的主要工作是负责抱孩子，端坐在宴会厅主要位置，向每个人微笑，说谢谢。直到后半场，抱着孩子的她，像一个打了胜仗的功臣，在众人的目送下，提前退场，由司机送回家中。一是孩子饿了，二是她的功课已经做完。

想到自己终于住进深圳人的家里，做起本地人的媳妇，再也不用每天叫快餐，不断地更换出租屋，方小红的内心异常踏实。这样的时候难免也想显摆一下，于是会打电话给自己那些老乡或同学，家长里短，说说煲汤、广东凉茶、美容健身保养之类，间中还要夹进几句时髦的粤语。听到电话那端发出羡慕和感叹，她的心里可以舒服几天。讲完电话，她微翘起兰花指，扭动着开始发福的腰身，来到客厅或是阳台上面晒太阳，顺便在阳台上摆弄几下那种可爱的小扁豆。阳光下，那些豆子渗出细润的水珠，闪着银光，总是吸引方小红本是游移的视线。有种做法，是把它曝晒后与广东腊肉炒在一起，加点蚝油，很是美味。

"我们老家也有这种小扁豆。"方小红看见这种菜很是亲切，忍不住说。来广东后，她都是吃食堂或是盒饭凑合，很少看见这么漂亮的蔬菜。

直到一个特殊的时刻，她显得有些慌乱。那是被老公带回家之时。尽管早早睡过，可还没有领证，按照规矩，需要被这个大家庭的人看看，接受检验。如果通过，还要接受长辈们的训话。

第一关便是洗菜做饭。

"不会吧，什么扁豆啊。"未来的姑姐撇着嘴，眼里分明是讥笑，像是方小红大庭广众下撒了一个谎。

家婆本来是过到厨房来取东西，听了这话，也停下脚步，隔着七大姑八大姨们的肩膀，把嘴凑到前边，顺着女儿的话说："这种东西北方绝对不可能有，你们北方怎么可能有这么好的菜呢。你学过地理没有，这是南方的特产，当年老祖宗们从荷兰引进来的。连阿丹都说这种菜只有在广东才能生长，要是放到北方根本不能活，她还是到了我们广东才见过这种菜呢。"

"可是，看起来就像是一模一样啊。"说话已经开始没有底气了，方小红让自己的眼睛对着水盆。水盆里面，是一双被浸泡太久，变了形的小手。此刻它们正害羞并红肿着去抚摸那一颗颗可爱的豆豆。那一次，她死死地记下了阿丹的名字。

晚饭前的一个多小时，方小红去了趟离家不远的邮电局。本来还想寄封信，只是快走到邮箱的时候，她又看了一遍地址和姓名，突然决定不寄了。最终，只是汇了钱，信留在了口袋里。钱的主要来源是昨晚收来的几个红包。其实，多数都放在了大堂门前签名的地方，有的塞给了家婆。只有偶尔的几个人，像是家婆过去的同事，直接对着孩子走来，轻轻抚摸孩子的小脸或是小手，说着一些相似的吉利话，有的顺便就把红包留在了方小红的手中或是孩子的小口袋里。加上自己原来的一点儿，凑个整数，方小红给家里寄了两千块。她到了深圳以后，这次表现最好，主要是想向家里人显摆一下婆家的实力，让家里人放心。另一个原因就是家婆晚上和她一起睡，出出进进，身上放着钱，很不方便。

寄完了，出了门，她又倒回去，在杂志柜台买了本当月的《读者》。

天有些阴，像要下雨。她一路走一路看目录，很快就到了家门前。准备开门的时候，竟然发现阿丹也跟在身后，还是停在同一个铁门前。方小红心里有些乱，脸上还是沉着，装出不认识。阿丹也没说什么话，只是微笑着等方小红按动门上的对讲机。

方小红注意到阿丹手上提着一个印着红字的塑料袋，上面写着万佳超市关外店，里面装着七八个美国进口苹果。那种东西方小红吃过，像是打了蜡，硬，涩，咬起来困难。

把苹果放在客厅中间，那张大理石圆形桌上面，她就大声说话了。她的声音像是刀在玻璃上面摩擦，穿过客厅，经过走廊，让方小红耳朵不舒服。说了一会儿，这个女人便大摇大摆跨进方小红房间。这一回，她像是老熟人一样，捂着自己的鼻子，夸张地叫："哎呀，味道真臊啊。"叫完，又用手呼扇几下，然后才打招呼，说："你就是阿红吧。昨天肯定累了。"听她的语气，好像方小红才是需要听客气话的外人。

"我是啊。"方小红冷冰冰地回答，心里面还补充了一句，"怎么啦，是我愿意的，别人想这样累还没机会呢。"故意用眼睛向这个来访者表达着不屑。

听见两个人说话，方小红的家婆和姑姐也跟了进来。

家婆的客家口音挤在阿丹身前，说："这是阿丹，你们还是老乡呢。"

方小红知道，在广东人眼里，除了讲广东话的人，其他人都是外省人，北佬，甚至也包括海南人、福建人。用说什么话来区别划分，不是为了方便，而是为了突出他们自己的优越。

"是吗？可能连邻省都不算。"方小红不冷不热地回答。

"谁能分得清呢，反正都是讲普通话的。"家婆笑着说。

方小红的眼神随意乱搭，一会儿落到家婆刚剪的头发上，一会儿落在姑姐有些前凸的额前，根本不想放在阿丹身上。她当然知道眼前的阿丹讲普通话，只是不愿意随便就把一个讲普通话的人都当成老乡，更不要说还有成见。前面说过，成见的起因是蔬菜。

阿丹像是没有发现方小红的不友好，还是笑意盈盈地坐在方小红的床上。她坐得很是靠里，两只手懒懒地拄在身后，感觉有点儿自来熟或是农村妇女的味道。方小红眼看着对方快压住了婴儿的小被子，忍不住皱了皱眉头。阿丹的屁股才向外挪了挪，表现出讨好的样子，很明显是在等方小红开口说话。见方小红态度还那样，她才有点儿不好意思，于是，想给自己找个台阶。她站起了身，几次用手去拉动身边的窗帘，一会儿让百叶窗透出很多光，一会儿让房间变得很暗，仿佛是来研究窗帘的，等这些做完了，又顺手取下梳妆台上面两张过了胶的照片，是婴儿的照片。她让整个的一张脸对着那些与她无关的照片，而眼神四散着，寻找着。

"你是不是经常过来啊？"方小红不愿意看见她再无聊下去，终于忍着厌恶说话了。

"是啊，我快把这儿当成自己的家了，酒店的人还都以为她是我妈呢。"说这话的时候，阿丹把那张讨好的笑脸正对着方小红的家婆，手摸索着家婆的衣角和纽扣。家婆赶紧回应："是啊是啊，她经常过来的，不过最近来得还是太少了，怎么了，是不是找了男朋友就不来了？"

阿丹笑着："哪有啊，要是有，也先跟您报告。阿姨啊，您要帮我啊。我是外地人，您如果不帮我，我就成了嫁不出去的老姑婆了，到时候啊，我可天天要闹着您，赖在家里不走啦，看您还管不管。"

说到最后一句，方小红才注意到，除了用上五个您，她们的对话用的全是客家话。当然，阿丹说的这个客家话绝对绝对不正宗，仅仅是客家的味道和调子，说白了，也就是普通话的变音、变调、扭曲。

阿丹用这种语音语调说话的时候，方小红一直在冷眼旁观。她先是注意到因为用力不对，阿丹的嘴变了形，两个肩膀也显得不平。变形的嘴唇里边是一口细细的白牙。有了这种白牙，她的样子还算比较好看。阿丹的眼睛不大不小，嘴倒是很小，脸属于长方形，只是方形之外却又加了许多肉，就像是镜框外面贴上的几块对称的大花边。看了半天，方小红发现，这个阿丹，除了皮肤比较白皙，五官基本上没什么特点。

"你和阿红应该差不多年纪吧？"家婆看了一眼方小红，又看了一眼阿丹问。

方小红没接话，她不喜欢这样的比较。心里想，我怎么可能与她的年龄一样呢。家婆和阿丹关系这么好，这么有话讲，应该是一个辈儿的，即使不是一个辈儿，至少性格也很相似。当然，主要是阿丹的神态和那种家长里短的态度，完全没有年轻女孩的气息。

这样想着，方小红的样子反倒平静下来。她表现出一副无所谓。阿丹还是一个劲儿地与家婆说话，又用手去牵住方小红姑姐的衣角，像是准备把身体吊在两个人之间撒娇、打秋千。

她对着姑姐的脸说："上一次给你拿来的那个东西吃了吗？吃完了再去让那些个台湾佬带啊，反正他们的钱也花不到正地方。"她这样套近乎，把方小红挡在了话题外面。

这副谄媚的神态实在恶心，方小红已经不愿意再看见她的表演，低下头，去翻床上的那本新杂志。

"先不急，还有很多，太难吃了。"方小红听到姑姐说。

"你看看，真是一点儿也不听话。"家婆把一张无可奈何的脸对着阿丹，像是诉苦。随后又对着方小红姑姐，接着原来的话题说，"唉，你就是不听话，难吃也应该吃呀，吃了身体才能好起来，一定要听阿丹的话，晚上就煲了给你吃。"家婆用的是教训的语气。

话题开始变回轻松，终于绕到嫁人的事情上。只听家婆说："你是不是想找个台湾客呀？"

"我才不找呢，他们就是爱讲大道理。"阿丹"哼"了一声。

"讲道理好啊，说明他们是讲理的人，最怕的倒是那种无赖。"家婆说。

"不要不要，羞死人了，阿姨你总是拿我开心。"阿丹用她那怪怪的客家话说了差不多二十多分钟，才想起此行的借口——看孩子。她站到地上，对床上睡着的婴儿弯下腰，并用手指去摸索孩子的脸蛋，说，昨天忙着忙着都忘了。说完，她从口袋里摸出一个红包。先是放在孩子的枕边。想了想，又重新拿起，麻利地塞进家婆手上，并压了下。

"不用啦，都是自己人，你这么客气做什么呢？"家婆说。

"什么不用啊。我这是给孩子的，希望她快快长大啊。"阿丹的套话依旧是重复前一晚那些人的。

方小红远远地站着，样子冰冷。阿丹根本不顾及这是谁的房间，她又拉着家婆站在床边聊了一会儿孩子之类的话。说这些的时候，她像是一个生过许多孩子的女人，讲了一堆例如出痱子应该怎么办，有了黄疸怎么应付的话。

大概闻到了厨房里飘出来的菜香，她的肚子竟然不管不顾地发出"咕噜"一声。也许害怕再有响声出来，会让自己难堪，她有些不舍地说："回去了，再不回去就被炒了。"

听了这话，家婆说："留下来一起吃饭吧，有你爱吃的五花肉和荷兰豆呢。"

"噢，真是太好啦，阿姨还是你好记性，我就爱吃你们广东那种荷兰豆。可是，这次不行了，只能等下次了，下次您要给我做啊。"

说完，阿丹抓起床上黑色的小包挎在肩上。出门的时候，她回过身，眼睛对着方小红，笑着说："阿红，我们可是老乡啊，下次一起去逛街吧！带你去几个地方，你肯定没去过的，特别好。"

"好啊。"方小红站在她们的身后，冷冷地回了一句。心里还是愤愤着，"谁要你带呢，我又不是不熟。怎么看都是一个死八婆，事儿妈。怕是你才来深圳不久吧。无论如何，我可是嫁进了广东，怎么说也算是半个广东人，谁和你是老乡呢，你和他们都讲一样的话了，恨不得把自己的脑门都写上我是广东人，还在那里跟我说什么老乡不老乡。"一边想，一边听着阿丹的下楼声，四楼、三楼……

估计对方快到一楼了，方小红快走了几步，让身体斜靠住玻璃窗，眼睛向下面望去。过了半天，才看见阿丹从铁门里面冒出一个身子。在这个广东人居住的大院里，她显得矮小、孤单。她若有所思地站了一会儿才离开。

一直到吃饭，方小红脑子里还都是阿丹那装模作样的脸。那样的脸破坏了她的胃口。直到赶过来吃饭的丈夫用脚踢了她一下，示意她盛饭给家婆，方小红思维才又恢复。

第一个提起阿丹的人是方小红的家公。

虽然是星期天，可家公还是忙了一整天才回来。他难得回来和家人一起吃饭。也许是前晚太累的原因，他说要早点吃完，早点休息。

"阿丹来过啊？"他看着被扔在大理石地板上面的袋子问。让方小红奇怪的是，家里有那么多的人送来礼品，不知为什么，有人偏偏把阿丹这一份放在显眼的位置上。

"是啊，过来了，说是过来看看孩子。真是有意思，昨天不是看过了吗，又过来。看起来，她的精力可是很旺盛。"家婆阴阳怪气地说话。

家公笑了笑，露出一排明显的假牙，显得有些不自然。主要是发现方小红停下吃饭，在偷偷看他。

"她白天睡觉，晚上才工作，睡得比我们正常人多。每天大吃宴席，山珍海味多有营养。她当然要没事找事，东窜窜西窜窜了。"这是姑姐的话。看着保姆给她加了小半碗洋参汤递过来，她皱着眉头，又说话了："能不能不要再喝这个啊，一股药味。天天吃这个根本闻不到饭香，这是人过的日子吗？"

家公没有看一眼女儿，更没接话，而是接着前面的话说到酒店的饭菜问题："酒店那些饭有什么营养，怎么会把好的给她们这些打工妹呢，最多也就是一些汤渣之类的边角废料。"

"没有这种营养也会有另外一种营养，那种也许更养人，更滋补，反正这些人不会闲着也不会饿着。"谁都可以听出此刻家婆的话里有话。

"有没有营养都好，反正她赚的比谁都多。我看昨天那个酒席下来，她这个负责拉客的经理，口袋又多了不少钱。"姑姐继续说。

"唉，这些人很会捞钱的。"这是姑姐丈夫说的话。平时他总是很少发表看法，即使说了，也从来不说正题。方小红早在暗中观察他了。一是他的广东话说得不地道，二是他和别人说话总是人家说东，他说西，明显装糊涂。这一次他说的倒是没跑题。

"是啊。爸爸不应该把这么大个事情让她去做。"姑姐说。

"歧视人还是不好。她们有这个能力啊，昨天还是很成功啊。她们那些地方到现在还很落后啊。"家公继续说话，"再说了，让谁做都是赚，说不准赚得还会更多。她刚来深圳不久，不敢太过分的。毕竟不知道这里的水有多深，做事，还是要看着来的。"家公变得比之前深沉了很多。

姑姐说："那倒也是。不过我就是看不上她那副样子，指甲涂成黑紫色，脸也白得吓人，明显在学人家韩国女孩儿。"

"他们北方人长得就是比我们这里的白。"姐夫说。

"什么白呀，你看看她那个白根本就不是自然的白，是刷上去的。"姑姐显然对丈夫的话不满了。她翻了一眼身边的丈夫，用力地推了一下手边那只碗，汤洒了出来，桌布上立刻有了一小块淡粉色印渍。她站起身，准备离开。

看见老婆不高兴，姐夫的脸红了，就连脖子也变了颜色。马上让话题开始急转弯："她们是干那种事的人，不把脸弄成那个样子谁给她们钱啊。"

"我还以为你也喜欢呢。"姑姐用眼睛剜了一眼丈夫左边的鬓角，讽刺着。她又坐了下来。

"谁喜欢呀，还不就是一些北方来的鸡婆么？"直到姐夫说了这一句，好像才逃过一家人的眼睛。

晚饭吃完，大家没有不愉快，反倒是比平时融洽了许多。方小红还看见家婆给家公递了一支牙签，手也趁机放在家公的大腿上，轻轻地摩挲。

2

方小红不知睡了多久，就接到了阿丹的电话。保姆喊醒她的时候，她不知有什么事。出来就看见家婆先是靠着沙发里边拿着电话煲粥，说着一些不着边际的话。过了一会儿，家婆才揉着虚肿的眼睛，伸着懒腰，把电话递向方小红说："是阿丹，找你呢。"

看见方小红站在原地没动，家婆腾出一只手，打了一个手势，召唤方小红。

方小红还是有些吃惊，一边向电话的方向走，一边想："怎么会找我呢，我又不认识她。是不是怕我闷，找她来解闷啊。宁愿闷死我也不想和这种人来往。"

下楼的时候，方小红脑子里还有阿丹那天的样子。"恶俗。"她在心里说。

刚关上大铁门，一个黑色的汽车就停在脚边，吓了方小红一跳。

车窗摇下，司机旁边是一个戴墨镜的时髦女孩。她最先认出的是阿丹的牙。她正对着方小红笑。

"这是关老板。"她指着开车的人说。那个被称为关老板的男人坐在驾驶位上礼貌地向方小红点了点头。

阿丹指着后面的座位让方小红坐上来。

上了车，方小红才看清楚这是一台最新款奥迪。

阿丹回过头对着方小红笑，说："美人，想去哪儿玩啊。要是暂时还没想好的话，我们就去万象城，那儿刚开业。"

"行。"方小红回答。这个时候她有点心虚气短，也许因为靓车和阿丹时尚的装束。

想不到，商场非常大，只走了几步，方小红就被阿丹和关老板落下了。她感觉累，脚疼，腰也酸。毕竟太久没出来。方小红索性让自己彻底慢下来，她从后面打量这个阿丹，像是变魔术，阿丹看起来清新了很多。见她这样，阿丹停下来等，她看着慢慢跟上来的方小红说："你有些瘦了啊。"

方小红说："是吗，那就好啊。"

阿丹看着方小红的眼睛说："我们去喝点什么吧。"

方小红没说话，点点头。她还是有点生自己的气，还说闷死也不理人家，接了电话之后，就像是着了魔，一步一步顺着阿丹的思路。

她想好了，一定不会让对方看出什么。你不是想笑话我吗，偏不给你机会。

看见阿丹字正腔圆地和服务员说话，方小红放下嘴里的吸管对阿丹说："怎么，现在，你不说客家话啦？"

"嘿，看起来你有些听不惯啊。"阿丹嬉皮笑脸地说。

两个人仿佛成了早就相知的伙伴，可以斗嘴。方小红说：　"不是听不惯，而是不能理解，你何必要这样呢？"

　　阿丹说："那你又何必呢。你难道真的就愿意那样生活？"

　　"我过得难道不好吗？至少比很多人好吧。"方小红就不想说明白，比你阿丹好，至少我不用低三下四地巴结人。

　　阿丹说："是没办法吧？其实，我们都是。别说了，我理解你的难处。"

　　方小红很生气，心里想："理解我，我用得着你理解吗，我又有什么难处，同情错人了吧。"

　　之后是沉默。显然这个话题，没有人愿意再提及。又逛了一阵之后，天就黑下来。方小红对着身边的阿丹说："你不上班吗？"

　　"今天不用。"阿丹说。她想了一下，又问了一句，"你们在家里会不会说起我呢？"

　　"说你干什么？"方小红眼睛看着别处，心虚地回答。

　　"没事，就是问问，别紧张。"她眼睛向着前方说，

"我今天的工作就是陪你。等会儿，让你看看我们家乡人那些店。整个一大片啊，全是我们早些年出来那些姐妹开的。还有酒店，规模很大，有几个外国人还想入股呢。想不到吧。将来我也要开一个那样的。"自顾自说完了这些之后，她拉起了方小红的手说："走吧，今晚我请你吃饭。不对，是我请你，让这位关大老板埋单。"

这个被称为关老板的人笑着说："是老乡吧，看你们都是说普通话的。"

方小红明显不快，心里想："说普通话和说普通话可不一样。中国这么大，不能把说普通话的人就归为一类吧。怎么见到的南方人全是这德行呢。"

看着方小红在迟疑，阿丹笑了："放心吧，阿红，我们只让他埋单。女人吃饭的时候，让男人走开，你不用担心。"

"我不愿意你叫我阿红。"姓关的男人刚一离开，方小红就停下脚步，很严肃地纠正。

"噢，那叫你什么呢？"

"还是叫我全名吧。阿红是他们本地人叫的，怪怪的。我可不想为了别人方便就改名。"

"好好，听你的。确实太普通有点阿猫阿狗那种了。不过，你可真较真。"她笑了。

听她这样说，方小红也跟着笑。这个时候她甚至觉得阿丹并不是那么讨厌。

第二天的饭桌上又提起了阿丹，之前他们似乎已经说过一会儿了。

"她怎么了？"刚坐下，方小红便大大咧咧地问。

"我是说差一点儿就让他们没好日子过。"姑姐说。

"是吗，怎么了？"方小红瞪着一双吃惊的眼睛问。

家婆答着："是照片的事。那阿丹把好几张婚纱照托你姐姐保管，保管了半年多也不拿走，姐姐最后就给她送过去了。结果阿丹连一个谢字都不知道说声，满不在乎就把那东西扔到床上。床上呢，还躺着一个男人。这男人又不是照片上那个。"

"呵，这好玩啊。"方小红笑了，她想起阿丹那个短短的下巴和诡秘的言行，觉得恍惚。

"好玩什么呢，"家婆不满意方小红的态度，继续说，"反倒像是姐姐做了见不得人的事，真是不像话。"

方小红说："她可真有本事，又换了一个。"

"早就看出不是什么好东西了。"听到方小红这样回答，家婆再也忍不住了，心头蹿出无名火，把筷子

"啪"地摔在桌子上。

"早知道就不应该给她送回去。"姑姐说。

"是，把她交到公安局或是妇联。"家婆说。

"交到那里干什么呢，现在谁管这个，阿妈你真是老土了。"姑姐撇着嘴，显然除了对母亲的话反感，同时也在生自己的气。

"怎么不管了，这分明是破坏别人的家庭。这个社会都被这些北方的女孩子搞乱了。你看看，现在哪个男人还回家来啊，动不动就说加班加班。哼！加的是一个什么鬼班，还以为别人不知呢。我看再过一阵子一个个都要搬到外面去住了。"家婆眼睛望了一眼木门，气鼓鼓地说。家公今天又没回来吃饭。

"也别生什么气了，反正那是她个人的事，好了坏了都是自己埋单。不管怎么说，她对咱家也算是挺好的，你看每次来都带点东西，她那么少的工资。"方小红也没想到自己会为阿丹说话。

听了这句，家婆站起身道："怎么说都是一帮子鸡婆。"

3

　　方小红迷迷糊糊睡了一会儿，家婆才过来。

　　因为孩子的原因，灯一直没有关过，主要担心孩子用指甲抓破了自己的脸，或是被子堵住了鼻子，影响呼吸。方小红看见家婆正准备脱衣服躺下，就说："我想明天还是买点尿片吧，不然到晚上可是够折腾。每次刚睡着，孩子就尿了。尿了就哭，害得大人根本不能睡。"方小红在电视广告上见过那种东西，商场里面也摆放的到处都是。

　　"不会呀，我可是看你睡着了啊。睡得还挺香。谁没有过孩子呢。尿一尿怎么了，大不了换一下吧，不就是辛苦点吗，也不能一天到晚总坐月子啊。"家婆眼睛乱扫着，最后在床头柜上面的杂志上才停住。

　　不知为什么，方小红突然觉得家婆有些不对劲儿，态度似乎也都变了，就笑笑说："虽然一天到晚守在房里，可就是没时间睡觉。"

　　听了这话，家婆脸色变得更加难看了："守不守在家里，只有你自己知道。"

方小红傻了，来到这个家之后，还是第一次听见家婆这么不客气说话。

说完了这句，家婆衣服都没脱，就躺下了。她一张尖细的脸对着房顶上面的吊灯，两个手臂呈交叉状。方小红根本不敢直眼去看她。她躺在孩子的另一侧，眼睛也对着灯，刚想转个身，就听见呼噜声。家婆睡着了。如果在平时，她会逗完孩子才睡的。帮助方小红带孩子只是一个说法，说给一些客人听，顺便也把人家带来的红包收下。其实她并不会帮方小红做什么，只是方小红做事的时候，如果没睡着，她就会看着。整整一个月，方小红每天晚上都睡不了觉。到了白天，又要去客厅倒倒茶水，陪客人说上几句。

方小红内心是不想她过来睡的，主要是不方便，又帮不上什么忙，甚至自己连亲吻孩子的脸都很难做到。有一次她正想这样做，准备出门的家婆停下脚步，冷着脸对方小红说，你知不知道你的脸很脏，这样会把她也弄脏的。家婆竟然说出了这样的话。方小红心里想："我天天洗的脸怎么脏了呢。"她仍不会生气，只是觉得有些可笑。她知道家婆是喜欢孩子的，其实她见过家婆偷偷地亲孩子的脸，细细端详孩子。她甚至觉得这是所有老人们爱孩子们的方式。真是奇怪的表达啊。想到这里，她在内心笑了一下。

客人多数是广东人，每次来都带着一些礼物。方小红当然要陪着说上几句，走的时候，还要送出去，有的就送到门外，有的则送到楼下。还要做的事情无非是洗杯子，冲茶，然后再陪着客人坐上一小会儿。这样的时候，人家就会问她："家住哪里呀，住得习惯么，你们那里冷不冷啊？"

方小红便一一回答。

也有一些是难答的，比如："你们那里一年到头总是下雪，吃什么呀？"

这些还都不算什么，方小红认为最难回答的是那些亲戚，他们总是问："你们是不是经常要吃窝窝头呢？"

"窝头在旧社会才吃呢，我们早就吃白面馒头了。这样说，也不对，也吃米饭啊，跟你们一样。"方小红笑着纠正。

听了这个，似乎还不满足，亲戚一般还要再问上一句："那你们也没热水，是不是一年才能洗一次澡呢，听说有些人一辈子才洗一回。"

方小红说："不会呀，现在各家的条件都不错了。"

听话的人并不理会方小红怎么回答，过了一段时间又会问起同样的问题。方小红也就只好再回答。再到了后来，就连方小红都有些怀疑自己老家是不是真的那样不堪。

有一次，保姆的母亲从乡下过来。她是家里的远房亲戚，随身带来一只老母鸡。一进门，没有绑好的母鸡就跳到地板上，脚上带着一截红毛线，满地乱跑。老太太摇晃着罗圈腿追了半天，也没追上，光滑的地板上面留下好几堆鸡屎。就是这样的一个人，也是屁股刚挨到椅子上，就迫不及待地问方小红："你们那边是不是一年才洗一次澡啊？"

方小红看了一眼对方脏乎乎的手，轻蔑地笑笑，没有回答。

听着家婆的呼噜声，方小红脑子里还是想着尿片的问题。实在太想好好睡上一觉了。她满脑子电视上面广告的画面。

不知什么时候，方小红躺在床上像婴儿一样，也睡着了，而且睡得像一摊收不拢的稀泥。

方小红感觉自己醒了，是被孩子的哭声惊醒的。眼睛像是给线缝上，怎么也打不开，身体似乎被各种灯光射来射去。又过了一会儿，除了听见孩子的哭声，还听见了别的声音。是一种巨大声音过后的寂静和空洞。慢慢睁开眼睛，方小红看见灯光下，家婆一张被放大几倍的脸。她正双手叉腰，光着一双脚站在地板上。孩子的小脸被自己的小指甲抓破了两条小道，有了一丝血印子，而额头上面盖着一条米色尿布。

方小红这回彻底醒了。她迅速坐起，下了床，光着脚站在地上，不知应该做什么。这时，她看见白天叠好的尿布被扔了一地。孩子脸上那个就是其中的一块。就连方小红白天买的《读者》也被拦腰撕成两半踩在脚下。

外面所有的灯相继打亮。保姆黑着脸最先进来，眼睛看着家婆，而没有看方小红。她弯腰把地上的东西拾起来，准备放回原处，想不到，家婆一把夺过，像天女散花那样扬起来的同时，夸大了声音说："没有买尿片，你就这样坑害人吗？"

方小红不知应该去给孩子喂奶还是应该和家婆说话。她不明白，不就是没有及时给孩子换尿片么，小孩子哭也是很正常的事情，何必这么夸张。

家里人，包括临时住在家里的亲戚全部聚在了她的门前，用仇视的眼睛对着方小红。好像几分钟之前，她虐待了家婆。

方小红走到姑姐身边，想让她劝一下。可是姑姐"哼"了一声，躲开。方小红明白了，家婆显然是误会了。晚上提到了买纸尿片，自己又没有及时起床换尿布，家婆把两件事情联系在了一起。

方小红看了眼越哭越凶的孩子，对着这些人说："你们出去吧。"她知道孩子饿了，也许吃了奶，才可能安静下来。

"什么？你说的是什么。这是你的家吗，你让他们出去？你说说，这里的什么东西是你的，你有什么权力去安排，去支配。"家婆的声音在孩子的哭声中提高了八度。

这句话之后，方小红看见所有的人脸色都变了。一时间方小红成了公敌，甚至连保姆出去之前都摔了房门。

差不多一天一夜方小红没吃饭没睡觉，像个傻子一样坐在床上。

其间，保姆进来两次，是过来给孩子换尿布，调奶粉。保姆冷着脸，没有和方小红说过一句话。家公进来一次，用眼镜里的眼睛看了方小红一眼，想说什么，最后又没说。关上门，出去了。

经过了混乱之后，方小红安静下来，她竟然想到了老家。也许是生了孩子的原因，她认为自己比过去懂事了，至少不会像过去那样对待父母。直到接近中午，她突然想起那天没有寄出的信。这使她吓了一大跳。她把房间里所有角落翻了一遍，还是没找到。最后，她竟然像家婆那样，把尿布也扬了起来。听了一下外面没有动静，又看了看楼下，她才溜进保姆房间。进去之后，心脏开始跳得猛烈，她看见老家寄过来的羊毛毯铺在了保姆床上。看见这个东西，方小红觉得像是见了亲人，眼泪瞬间就流了出来。这是打电话求家里寄的，她希望家里寄一件体面的东西过来，可以让她有点面子。收到之后，她非常喜欢，根本舍不得用，也舍不得给孩子，担心被屎尿弄脏了。当时，还以为家婆作为珍贵的礼品收藏起来或是准备向外人炫耀呢，想不到，就这样随便地送给了保姆。她需要当面向家婆要回来，也问个明白。于是，她径直来到家婆住的房间。门虚掩着，方小红听见家公家婆在小声地说话。听见脚步声，里面的声音也停了下来。

方小红只敲了两下，没等回答就推开了门。一眼就见到自己的两封信，已经被撕开。她没有和家公家婆打招呼，而是冷着脸看着自己的信。家婆吓了一跳，迅速挑起被子，盖住了半个身子。

家公倒是沉稳，平静地问："小方同志，有事吗？"

方小红不说话，眼睛继续直直地盯住台面。

家公也慢慢地看了一眼信件，并用手拿起了那封淡粉色的，说："这个也是你的吧。"这一封是同学寄来的，也被撕开了。他说："你自己看看吧，里面还有钱。"

家公意味深长地把一百块钱拿在手上，上下掂量着，像是捏了一个罪证。"你为什么要她们的钱呢？她们在内地，本来就穷，我们家怎么到了这样的地步，要让你去向人家讨这个钱。"

"我没有。我连知道都不知道，是她好心寄来的。"方小红辩解着。

"你没有向人家诉苦，她会这样做吗？"家公的样子很无奈。

"小方同志，你要明白，自己已经不是小孩了。你真的没有钱吗？你看看，你写给家里的信，什么寂寞呀，孤独想家呀，这是什么意思嘛。我们让你受苦了吗，这种话流传到外面会产生什么样的影响你知道吗？好像我们真的虐待过你一样。"他接着说，"你要知道我们一家是怎么对待你的，虽然你生了个女孩，可是我们并没有责备你，并没有为难你。"在家公和方小红对话的时候，突然传来抽泣声，那是家婆的声音。她像是本来就受了欺负，而家公的话又刺激了她。哭声越来越大，最后竟像快要气绝倒地。

"行了，这个事情就先到这儿，信呢，我也不追究了，你拿回去，也认真想想吧。"

回到房间，方小红根本不想看同学的来信，而是把两封信狠狠地丢在了床上。

她拿出手机，先后拨了两个电话。家里电话和老公的手机都没有人接。生活好像乱套了，而她还并没有做好相应的准备。

没想到，半夜的时候，方小红又见到了阿丹。

家公喝多了酒，被单位的同事扶着上楼，还有走在前面的阿丹。

家公刚被扶着坐到沙发上，阿丹就把家公的鞋和袜子脱了下来。随后，她像个保姆一样脱下自己的外套，放在一边，跑到洗手间，拿着一个热毛巾，端着一盆热水回来，为方小红的家公擦拭衣服上面的脏东西。

"哎呀，阿丹啊，真是辛苦你了。"家婆满脸的感激，眼里含着泪花。

阿丹拉着家婆的手说："没事的，搞点洋参水给我叔叔喝下去，他工作太辛苦了。下班之后，还要为单位做一些接待工作，不容易啊！"

"是啊是啊。"家婆抹着眼泪说，"他就是一个工作狂，谁都拦不住，工作起来不要命……"家婆说这些话的时候，司机和单位同事也陪着感慨了一会儿。

"天冷啊，你要穿多些衣服。"家婆把放在椅子上的外衣递给阿丹时，发现上面也有脏东西，夸张地叫着，"天哪，怎么会这样！"

阿丹苦笑着，摇头，说："就是我劝他不要再喝的时候，弄脏的。也就是说，第一口吐在了我身上。"

"真是造孽，又让你受累啊。"方小红看见家婆脸上的歉疚。

从头到尾，阿丹没有跟方小红说一句话，好像她们从来都不认识。

直到铁门关好的前一秒，方小红看见阿丹向她眨了一下眼睛。是一只眼睛，右眼。

一晚上，方小红脑子里都是阿丹眨动眼睛的样子。方小红觉得那是一个恶作剧的眼神，甚至像一个男人对一个女人传递的某种暗示。

转眼就到了给孩子上户口的时候。还没等方小红说什么，家公就把名字写在了一个练习书法的宣纸上，隔着刚刚安好的蚊帐递进来。

方小红明白他们的意思，但又不好反驳，说："我们早就已经起好了。"

"是吗。那我还不知道，你也没有跟我们商量。小方同志，这样吧，还是就用现在这个。"

"这是个男孩儿的名字。"方小红看着宣纸上面用毛笔写的三个字。

"对了，你说得对，虽然这是一个女孩，但是，我们就是希望她能像男孩一样为国家做贡献。"

方小红心里想："女孩就不能做贡献了吗？什么意思，还是国家干部呢。再说，这是我的孩子，你们凭什么这样啊。"她低着头，没说话，却已打好了主意，马上给老公打了一个电话。

响了几声，电话才被接起来。还没说话，方小红就哭了。

"怎么了？"他懒洋洋地问。

方小红明显觉得他和过去有些不同，于是没滋没味地哭了几声。听见对方也不劝，就觉得没意思，草草地收住。她说了几句责备的话，主要是因为对方不回来看看大人和孩子。

"你住在家里，好吃好住，又有人侍候着，有什么好看的，再说马上也快回来了，你能不能让我安静几天，你知道我多累吗。你没有工作，全靠我养着，还一天到晚惹麻烦。"丈夫在电话里面不耐烦地说。

方小红身上有些冷，眼睛很快就干了。不过，她还是坚持把这几天发生的事，讲了一遍，最后又说了孩子起名的事。

以为他能安慰一下，或是因为名字的事情而站在她这边。想不到，丈夫说那名也不错。

"什么，你是说现在这个男人的名字？"

"有什么所谓呢，他们说得有道理。"他说。

方小红说： "你怎么从来也不问一下孩子的情

况呢？"

"孩子不是已经放到保姆房间了吗？"丈夫说。显然家里发生的事情，他都已经知道了。

方小红想了想才说："你是不是也嫌我生的是女孩呢？"

丈夫在电话那边沉默了半天，说："快睡吧。"

"我和孩子都想回去了，你明天就来接我吧。"方小红还在拿着电话，等丈夫回答，就听到那边停顿了一下，然后挂了。

胸部闷得像要爆炸，人好像再也站不稳了，她慢慢坐下来。

不知过了多久，她才又拿起电话，按了一个深圳的八位数，这是关外一个小老乡的电话。对方好像正与什么人吃饭，还有笑的声音。方小红把想说的话全咽了回去，只是简单地问候了一下。倒是对方在最后说："你可是让我们这些姐妹羡慕啊。听说你搞到了深圳户口，又生了孩子，这回好了，不用辛苦了。"方小红假装谦虚了几句，说了一些场面上的话便放下电话。

坐在黑暗的客厅中，方小红觉得自己和所有的人都不在一个天空下。

夜里十一点多，方小红从柜子里拿出一件宽大的运动服，翻出一双平底布鞋，全穿好了。她找出自己家里的钥匙放进口袋，拿了一点儿打车的零钱，轻手轻脚锁好了门，才慢慢地走下楼。

4

方小红是在火车站被找到的。当时她身上背着孩子，孩子一路哭。天上还下着小雨。为了不让他们一下子找到自己，她走的是另外一条小道。保姆看见了她，却并没有问她一声去哪，而像是陌生人一样，冷漠地看着方小红离去。

方小红的后背像是长了眼睛，她觉得窗口有很多双眼睛看着自己。想到这里，她走得比任何时候都快。

过了一个花圃，又过了一个花圃，看着那些怒放的花，她的心里越发难受。此刻，她并不知道自己应该去哪里。实在需要好好想一想，自己应该去哪儿。当初被幸福冲昏了头，怀孕几个月，就听了丈夫的话，把工作辞了。现在，她应该去找谁呢？

也有过趁机回趟老家的设想。可是这两年，父母兄弟除了跟她要钱，并不能为她做什么。谁都知道她的家里很穷，婆家连一次假装的邀请都没有发出过。

走在路上，她把哭泣变成有声音那种。这样会让自己好受很多。为什么没有一个人追赶出来呢，这个家，就连孩子也不想要了吗？看起来，他们对孩子那种抢着抱，轮着喜欢全是装出来的。方小红后悔自己不应该打的士，使得她一下子就远离了婆家的住处。如果离得近，他们也许会很快就发现她的位置。

找到她的时候，已经是下午四点钟。车上竟然坐着阿丹。见了阿丹，方小红突然想哭，可是看见对方的样子很冷漠，她只好忍住了。

四处找她的人，竟然是姑姐的丈夫。他苍白着脸，对方小红说："闹了跟不闹都一样，孩子这么小，也受不起这样折腾了，快回吧。"

这是方小红认识他以来，第一次看见他不是以小丑的面貌出现。平时他说话从来都是答非所问。

"我听说，你也不是地道的广东人。"方小红盯着姐夫越发苍白的脸问。尽管姐夫的广东话说得已经很流利，可方小红还是记得有个亲戚悄悄说起过。因为姑姐的原因，没有人会说到这件事情，否则姑姐也会在这个大家庭里没有什么地位。好在不是深圳的农村，否则连姑姐的分红也会被取消。

姐夫并没有回答方小红的问题，而是把车开得飞快。

回到家，已经是晚饭时间了。方小红的家公主动说话。他看着眼睛红肿的方小红说："小方同志，你也不要激动。他也许有错误，但是谁没有错误呢，你难道就没有吗？所以我们不要抓住别人的小问题不放。"他所谓的小问题是指自己儿子偷腥的事情。

"还是小问题吗？这都快出人命了，你知不知道？"方小红扯着嗓门喊。她是费了不少周折才查到了老公的去向，而且把他堵在了西餐厅里面。丈夫和那个女的拉着手出门，女人手里捧着一大束玫瑰。前面的委屈倒也无所谓，而这一次，方小红才觉得天快塌了下来。

"小方同志，请你注意音调，这不是你们北方，我们这里的人很斯文。你更不要这样夸张地说话，什么人命啊，他不就是和人出去玩耍了一下吗，有什么大不了的。"

"什么叫玩耍，你知不知道我才是他老婆啊。这么近，他不回来看孩子，不回来找我，却要去跟别的女人。"

"男人嘛，有男人的圈子，你的心胸不要太窄。再说，如果你不是现在这个样子，他会去外面玩吗？"

"我什么样子了，我刚刚生了孩子，还要自己带。"

"是啊，这样的情况，怎么能照顾老公呢，他毕竟是个男人，也有需要嘛。"

"这是什么意思，这是一个做长辈的说的话吗？他的圈子难道要避开老婆吗？我什么样子了？难道没人管我的时候，我也可以出去搞搞震吗？"

"他不就是出去了一下吗，谁没出去呢？我就不相信出去做的事情都是好事。是啊，谁也不要表白自己，说明白了就没意思了。"家婆冷着脸说。

方小红觉得自己快要疯了。她回到房间，浑身发软。医生提醒过了，还是没能幸免，她终于在上周被诊断得了产后风和产后抑郁症。肩膀疼得像是要断掉。她从袋子里找了用于安定的药，没用水就吞了两粒。药效很快起作用，只过了一会儿，眼睛就打不开了。

不知过了多久，才听见有人在说话，她才明白自己刚刚睡着了。

对话从客厅里面传来，是家婆的："像阿丹那样的人最后能嫁出去吗？"

这样的话，通常是抛砖引玉，每次都会逼得餐桌上的家公表态。

终于，家公说话了："阿丹人还是不错，就是长得一般般，当然，主要是饮食业娱乐业年轻女孩太多。不然的话，我都想把他介绍给阿忠。"阿忠是家公的堂弟，在镇里的煤矿上班。他小时候得过病，走路的时候，能看出腿脚有问题，早些年老婆死了。

"什么？"几个人都停下了吃饭，显然家公的话像是一枚炸弹。

"我是说如果。阿忠也实在需要找个人结婚，要有个女人帮他管管孩子什么的。"家公解释道。

"可是，你知不知道阿忠可是个正经人啊。他的确需要找个人做老婆，而不是找一个天天为他丢人现眼戴绿帽子的女人。你还说孩子？她那样的人配给人带孩子吗，什么样的孩子不是给她教坏了。我看你是被什么人的迷魂汤给灌糊涂了吧？"家婆对家公的话表示了强烈的不满。方小红能够想象出她的眼神像刀锋一样刺过去。

家公也发现自己说错了话，一直到吃完，都不再吭声。当然他也不太满意家婆当着全家人的面这样说话，尤其是当着姐夫，还有房间里的方小红和几个亲戚。虽然算是一家人，可是毕竟也有区别。

"除非阿忠彻底瘫痪了，什么也不在乎。"家婆发着狠说。

这话之后是一阵死样的沉静。讨了几分钟，还是没人接话，姐夫只好硬着头皮说话："美国那个老科学家不是也找了一个年轻的吗？"这话听出来似乎也不是很对路，总之，听不出他偏向哪一方。

"不管怎么说，人家那也算是彼此门当户对。阿丹算什么呢，说白了连个正当职业都没有。"这是家婆的话。

紧接着，半空中发出一个声音，这一回是姑姐的："怎么没有呢，有啊，说好听点是部长，帮酒店招揽生意，说白了，其实就是替人挡酒，说黄段子，扮小丑，对了，扮小丑的时候就跟你现在一样。不过她还要拉皮条、做妈咪、赚小费活着。只是她长得太难看，人又老，没有多少人肯要了，不然的话，还不知道怎么招摇呢。"

5

再见到阿丹的时候，是方小红回请阿丹吃饭。

这之前她一直想见她，否则她担心自己会继续失眠。更主要的是，她认为自己有话要说。只是阿丹似乎不想听方小红诉苦。

"你想不想看看你们家里人的大作？"阿丹这样说话有些让人摸不着头脑。这是阿丹带方小红回到自己住处时说的话。那是新安湖的出租屋。

"什么大作？"方小红一头雾水。

"我是指你们亲戚的书法。"阿丹笑嘻嘻地说。

"好啊。"方小红仍然不知阿丹的意思。

"那好，让你饱一下眼福吧。"她从书桌的抽屉里拿出一张长方形的宣纸，摊开，上面是用楷书写的十四个字：阿丹阿丹我爱你，你像兰花一样美。

方小红不解地看着阿丹。

阿丹对着方小红笑，说："还不明白？这是你家姐夫给我写的。"

"别逗了，怎么可能呢，就是对他老婆，他也不会这么酸。"方小红说。

阿丹说："我可是没开玩笑。昨天晚上他还在我这儿亲了一口。"她指着自己的腮帮子。

"他怎么会这样呢？就是他想，也没有这个胆量吧。我姑姐会把他杀了吃肉的。"方小红半信半疑。

"是啊，你不信吧，我也差一点儿不信了。那倒不是因为他是正人君子，而是他从心底里看不上我。因为我们是同类。"

"你长得其实也不差。"方小红说。

"行了吧，我还不至于糊涂到这个地步。"说完这句话，方小红看见阿丹有些黯然神伤。

"真是不可思议。"方小红对着这张宣纸说。

"你们一家都希望我去，而且是经常去。去的目的是什么呢。就是为了让他们找到一些话题。过后，他们把对北方人的好奇、不满全部可以发泄出去。只有这样，他们的内心才能平衡。选择我，是因为我的形象让这一家的女人放心，她们觉得我不会对你们家任何女人构成威胁。"

阿丹的话让方小红出了一身冷汗。

阿丹笑了："不过呢，我可以约你们那个大家庭里每个男人晚上出来，就在我这个床上，你信不信？"

方小红摇着头。

"好，那我们就试试看吧。"

"你姑姐的乳房早就割掉了。"阿丹指着自己左边的胸部说，"你那个姐夫想要的是家产还有本地户口，现在他只得了一半，剩下的那一半还需要他继续忍受才能得到。"

她的话吓了方小红一跳："不会吧。我怎么不知道呢？"

"你当然不知道，不过你应该听见你那姑姐阴阳怪气的说话和那些不正常的举动。"

"好像你说得有点儿对。"方小红答。

"什么有点儿对，你是早发现了，可是你不愿意说出，这就是你的毛病，虚荣。也怪不得你的家婆和姑姐说你也不是什么好东西，只不过是命好，嫁给了他们本地人。"

听了这话，方小红头皮突然发紧，胸口狂跳，脸也红了，一时间，不知道该不该接话。她尽管还装着平静，话语却乱了，说："我可不听你那些乱事，平时他们很少和我说话，如果他们讲，我也只是听着，从来不会去插嘴。虚荣不见得是坏事。"

倒是阿丹显得镇定，说："别紧张，我当然知道你没说过我什么坏话。跟你说吧，他们说你也是看中了他们的地位和钱财。你老家在农村吧，很穷是不是，兄弟姐妹多数都还在农村等你寄钱吧，你最小那个妹妹的学费如果不是他们帮你凑齐，她恐怕要失学了吧？不管怎么样，人家是帮过你的，这点总要承认。尤其是在结婚后还拿出两万多块钱帮你家里还债。跟你说吧，就因为你是师专毕业，他们想着要优生。有点儿可惜的是，你没生一个男的。不过，他们让你把代课教师的工作快点儿辞掉，就是怕你转成正式教师。他们希望你再多生两个，为他们传宗接代。"

"你说的这些都是真的么？"方小红吃惊地看着阿丹。

"当然，你婚姻的事情还要感谢你的家公，如果不是他，根本轮不到你。排在他们家门口的人多着呢。他也算是懂得一点儿优生之道，否则这个家族决不会允许一个外省人进去的。你去看看有哪个外省女孩走进了本地人的家里，无论她多么优秀，最多也只能做个二奶、三奶。"

"你为什么要告诉我这些？"方小红身上的血快要结冰，她站起身。

"想让你也感谢我啊。"阿丹竟然为自己点上了一支烟，然后把方小红拉回椅子里，"要不要？"她把一个橙色烟盒递过来。

"我不会。"方小红说。

"得了吧，什么你不会，是你讨厌抽烟的女人。在你心里也认为我这样的人不是什么好人。"

"我可没有。"方小红低着声音说。

"在他们心里，北方的女孩子都是一路货色，就是给他们南方人吊的。不过，我和你不一样，我只在大事上面较真。"

收到家里电话之前，方小红和阿丹去了六约市场，准备买点东西做晚饭，两个人都饿了。她和阿丹同时看见了那种扁扁的豆子，其中的一些还没有完全剥开。

"那是什么？"方小红快走了几步，抓了几条，拿到阿丹眼前。

"扁豆啊，怎么了，受刺激啦，连这种菜都不认识。我们在北方的老家不是天天都吃吗，有时候太多了，还会摘回来剁烂了喂猪。"阿丹不明就里地回答，并熟练地剥出了几粒。很明显，她并不知方小红真正的用意。方小红又回头去看，这一次，她觉得那豆的形状很像一种药——复方穿心莲。

还在楼下，就看见楼上灯火通明，就连其他楼层的人也站在楼梯上向下或是向上观看。

进了门，见到一个粗壮的男人躺在客厅里面。再看，吓了方小红一跳，竟然是家公的堂弟阿忠，他的脸上沾着血迹。

小煤窑塌方，砸伤了两个江西人。堂叔阿忠有股份。虽然不严重，有关部门也要重罚。本来想让堂哥这个靠山帮忙，说说情，想不到，害得方小红的家公也受了牵连，被组织找去问话。阿忠当然不知上面有文件，干部不能参与各种经营活动。就连那个江西人的家属对家公也不依不饶，好像真正的煤老板是家公。知道自己惹出了祸，阿忠干脆装死，希望可以躲过全家人的指责，所以喝了两杯酒就故意撞在楼梯口的铁器上。

除了保姆过来一次，递了瓶矿泉水，家里就没人再搭理他。他"哼哼"了几声只好躺在地上，假装昏迷。

接下来，方小红竟然听见一家人在说阿丹的名字。

几乎每个人都说了一遍她的名字。

方小红想，难道她和阿丹的话被他们知道了，心里开始有些害怕。

"对了，也许阿丹有办法。她对我们全家人特别好，也跟那些矿上熟悉，又是江西人，由她去协调比较妥当。她对家公的品性也了解。总之，相信她一定能处理好。"说这个话的是家婆，退休前她是单位的妇女主任。一个晚上，她老了许多。"再写上一份情况说明，把这件事情的来龙去脉说清楚，由她交给矿里的领导，看在我们一家对阿丹不薄的分上，她一定会帮你们阿爸的。"家婆用她一夜间变得憔悴的眼睛——来抚慰坐在客厅里的每个家庭成员。

"阿丹不是那个妈咪和三陪小姐吗？"堂叔阿忠突然从地上坐了起来。

"不，她是一个心地善良的好女孩。"这是方小红的姑姐在说话，她的嘴角比平时都显得更加硬朗，语气也十分坚定。

堂叔见没人理他，又躺回地上。

方小红看了一眼姑姐的左胸，的确发现了与正常人的不一样。

方小红和阿丹再次见面是在著名的万象城，那里有许多她老乡的摊位，人流如潮，五楼正上演李安的《色·戒》，六楼很热闹，这里刚刚驻进了世界冠军陈露夫妇的滑冰场。

　　"你真的不想帮他们吗？"方小红问。

　　阿丹身后站着一个清秀的男孩，阿丹介绍，是建设系毕业。男孩子又走进店铺的时候，阿丹突然换了一副面孔："怎么，每个人都过来求请，来求助一个婊子了？想必这个家作了孽，我算是什么呢，不过是外省来打工的女孩子而已。"

　　"他们可能高估了你的能力，有点儿常识的人都应该知道，你最多只能说点软话，起不了大作用。可是你为什么要欺骗他们，让他们对你产生了信任。"

　　"他们也一样啊，他们不也在欺骗我吗？一天到晚用给我搞户口，帮我找一个本地人结婚这种事来诱惑我，利用我。"

　　阿丹只按着自己的思路说话："让我在酒桌上取悦他的上司，还让我把一帮姐妹介绍给他的对手们，这就是我的利用价值。还有一个重要作用，就是为这家人在饭桌上取乐子，做下酒菜。说我嫁不出去，做了太多那种事，将来肯定不能生育。你知不知道，为了一个户口，为了可以嫁给本地人，哪怕是个瘸子我也愿意嫁。我们这些外来妹要命的就是这一点，总是想找一个本地人，总以为这样就把什么都解决了，可到头来呢，到头来，就连你堂叔那种残疾人，他们都认为我不配。"

方小红看见阿丹眼圈红了，说："了解需要一个过程，他们一家对你也不坏，也没有害过你，仅仅是嘴上无德而已。"

阿丹听了，没说话，又想掏烟，只是手刚放进口袋，想了想，又放弃了。

毕竟没有真正参与经营活动，只是被阿忠拉大旗做虎皮惹了点不必要的麻烦，家公回来了，好像只是出去开了两天的会。精神还是很好，只是人显得消瘦了些。显然事情都过去了。他又和一家人坐在一起吃饭了。这一次的菜比平时都多，仍然有一盘炒荷兰豆。方小红的丈夫请了两天假，住过来，这次显得比平时都乖。

知道父亲已经没事了，全家人都很兴奋。

方小红的丈夫想与方小红做那事，见方小红还是不想理他，便说："其实，男人堆里，我算是好的了。"

"你怎么好了，还想娶一个回来吗？"方小红装出还在生气。

"实话说，家里人都在骂我笨呢，去约会个女孩子吃顿饭亲热一下，还被你发现了，一点儿本事也没有。"丈夫像是很委屈。

"这是人说的话吗？"方小红生气了，一把推开了对方的身体。

丈夫半个身子躺在被子里，露出半条腿搭在方小红的身上，仍在示好："怎么不是，他们不就是想多个孙子吗？有一次，老妈还说，如果我在外面跟别人有了儿子，她会帮我带，可以说成从街上捡回来的。实在不行，她还可以带到乡下亲戚家里去养，反正不会让我们操心。你想想，他们容易吗，这也算是人之常情吧。"

堂叔也从镇里赶来，除了家猪肉，他还带来两大瓶客家红酒，为方小红的家公压惊，还来了很多亲戚。这次倒是堂叔主动把话题绕到阿丹身上。他露出一口黄牙，嘿嘿地笑着说："一个女孩子，想不到，真是想不到呢。"

家婆听了，冷下脸，说："什么女孩子，三十岁了还没男人肯要。再说，做那事也能算是本事吗？还在打什么算盘啊，我可明确告诉你，不要因为你一个人，坏了这个家的风水。"

堂叔慌了，顿时明白自己又犯了错，吓得站起身，头点得像鸡啄米，急着表白，说："就是顺便说一下而已，没别的意思。那样的女人，带多少钱来，咱也不能要的。怕呀！"

直到堂叔最后夸张着，做出一个"怕"的表情，才把全家人彻底逗笑了，吃饭的气氛又重新活跃起来。

趁着喧闹，方小红端着饭碗溜出饭厅。到了阳台上，借着月光，她迅速发了一个信息给阿丹，表示祝贺。阿丹已经与那个秀气的男孩领了证，又刚刚怀孕了。

没想到，阿丹的电话马上就打了过来，她好像正在一个热闹的地方吃饭。她兴奋地说："现在我已经戒了烟，跟你说吧，我老公祖祖辈辈可都是深圳本地人，而不像他们，全是假冒。你知不知道，其实他们客家人都是从河南迁来的，只不过比我们早上几百年。"

说完了这些，阿丹停顿了一下，声音压低了说："方小红，其实我也有个事情对不起你。如果不是我多嘴，他们不会知道你在邮局寄了钱回老家，包括那封信也是我说给他们的，也害得你受了不少苦。这两件事，一直压在心里，现在，说出来，我终于可以好受了。"

饭厅里面热气腾腾，煮好的客家红酒，由保姆端给了每个人。香气飘得到处都是，喝酒和说话的声音搅拌在一起，像是过年一样。

饭冷了。月光下，方小红看见碗里那几颗绿色的豆子，像极了她吃过的那种苦药。

富兰克恩

1

潘彩虹和张国坚亲热的时候，脑子里总会出现老板庄汉文。这时候，她脸上悬着笑，身体却僵硬、干涸了。尽管两个人都没说什么，关系却有了变化。

在芳菲苑酒店，没人知道潘彩虹不仅嫁了，还有了儿子。与其他小妹不同，她嫁的既不是厨师也不是保安，而是一名相貌英俊的老师。这么做，是为了让村里人看看，自己的命很好，没有沦落成小姐，眼睛下面这颗痣说明不了什么，如果非要赋予一些意义，只能说，它代表了如意、成功。潘彩虹是个乐观的人，任何时候她都能安慰自己。

高二的时候，有次去女同学家里玩，同学新过门的嫂子看见她，夸张地指着那里说是滴泪痣，说长这种东西的人命不好。

潘彩虹问怎么不好。

对方支支吾吾不说，搞得潘彩虹心里很烦。

潘彩虹大概也猜出什么意思了，还要追着问。那女人笑着不说，过后跟人讲，是嫁不到老公的意思。

潘彩虹听了很生气，又不好发作，毕竟人家不是当面说的。

那段时间，总有人盯着她看，她想到县城找个地方除掉，只是被些事情耽搁，拖着没去。高中毕业之后，她带着这颗骄傲的心，到了深圳，远离了那些喜欢迷信，爱拿命运说事的小地方。回想起同学嫂子夸张的声音，她便觉得好笑，她认为这个女人就是妒忌她年轻，人生有无限可能。

在过去，如果潘彩虹不回老家，张国坚会在放假的时候，到深圳住几天，只是住的时间很短，说家里有事就赶回去了。

阿齐被炒以后，潘彩虹重要的人际关系发生了变化，庄汉文疏远她，陈祥又总是约她，让她难受。这期间，张国坚的代课老师也不成了，两件事凑在一起，潘彩虹认为是时候了。

于是，她启动了人生的预案，也就是她计划中的第二阶级，接丈夫和儿子到深圳生活。

当然，这件事操作起来没那么简单，至少不能冒失。毕竟之前一直隐瞒着，突然说出来，首先是庄汉文会不高兴，也扫了那些客人的兴。潘彩虹在找机会。

张国坚有意把邻居的农田也租过来种，让潘彩虹也回去。潘彩虹不同意，她认为张国坚不懂中国形势，农村根本用不了那么多人，再说，孩子怎么办。她没有说不想看见同学嫂子，还有那些多事的人。张国坚沉默之际，潘彩虹话锋一转，亮出自己的想法，她劝张国坚带儿子到深圳住段时间。张国坚刚失去工作，敏感，潘彩虹用词讲究，说先观察一段，感觉好就留下，感觉不好，再回去也不迟，当成散心，也让孩子长长见识。

就这样，父子二人坐长途车从吉安老家到了深圳。那时已是四月份。

租的房子是八十年代末建的，价钱便宜，离潘彩虹的酒店也不算远，坐摩托车四块钱就到了。尽管潮湿，蟑螂和蚊子多，为了让儿子多认识几个小伙伴，潘彩虹选了一楼。她不怕多花几十块。拿到钥匙，她蚂蚁搬家一样把用的东西置齐了。她需要那种将来搬了新房子，照样也能用的东西。房间不大，放了床和一个柜子就没地方了。尽管如此，被潘彩虹布置得干净、温馨。她从几个角度打量过，很满意。就这样，父子二人来到深圳，潘彩虹从此有了一个秘密去处。

去菜市场的路上遇见了陈祥。几天不见，陈祥显得有些憔悴，两颊塌陷下去。潘彩虹第一次看见他穿 T 恤的样子，领口处落了几滴酱油，很是显眼，潘彩虹觉得染了油彩或墨水，才符合陈祥的身份。潘彩虹注意到陈祥穿了皮鞋，黑皮鞋的皱褶里沾了些白色灰尘。平时他喜欢穿白色或黑色的唐装，脚上则是圆口的北京布鞋。看见陈祥准备停下来说话，潘彩虹快走几步，从另一个门拐了出去。直到进了市场她心里还在发慌，她感觉陈祥出了什么大事。

龙骨和上肩肉，加上白萝卜花了她三十四块钱。她喜欢市场。即使肉和菜已经有人为她张罗，有空的时候她还是会去看看猪肉，摸摸滴着露水的小白菜。后勤主管好像是潘彩虹肚子里的蛔虫，总是赶在她休假那一天早晨，买好菜放到冰箱里，品种绝不会和上次重复。刚开始潘彩虹还客气，觉得这人有心机，过于巴结，说不用不用，到后来，对方只要发信息，潘彩虹就会过来拿了。肉价米价都在涨，这让她省了些银子。这样一来，反衬出保安队长不识做，缺少调教。年前凑了队员的钱买水果给她，过年的时候便带着两个孩子，站在门口向她讨利是。潘彩虹各包了五十块钱，心想，下三烂，臭打工仔，想算计老娘，看我以后怎么收拾你。

除了生姜和蒜头，潘彩虹还买了土豆，这是张国坚的拿手好菜。以前潘彩虹也爱吃，后来不吃了，甚至都不看一眼。她的体质属于爱发胖那种，担心胖了难减下来。张国坚嘴上没说，心里不高兴。潘彩虹这么做，是想讨好张国坚。她知道，床上的事，他一直难受，又不好意思说出来。

张国坚站在窗口发呆的时候，潘彩虹推门进来了。张国坚的脸红了，手挓挲着，像个外人站在原地。潘彩虹扭了两下腰，撒着娇："也不接我一下。"她把手上的袋子抬高了，对住张国坚。

张国坚接过来，放好，又不知做什么了。

潘彩虹没跟张国坚说话，看到立在地上的折叠小床，竟有些紧张和心慌，意思很明显，有了它，潘彩虹没有借口回酒店过夜了。潘彩虹换了鞋，蹲下身子，从塑料袋里向外拿东西。洗衣粉、纸巾，最后拿出的是半只卤水鸭和调料。这种东西之前吃过，看见儿子喜欢，这次又买了。

过了一会儿，张国坚对潘彩虹说："还是得找份活干，这地方什么都花钱，天天待着人会生病。"张国坚的声音和语速与过去不同，潘彩虹明白，这些话他一定想了很久。

潘彩虹听了心里高兴，知道男人心疼她。想起认识的几个男的，等女人赚钱，供自己胡吃海喝，潘彩虹就觉得幸福，嘴上却说："你才来几天，就上班上班，地方还没搞熟，再说，你上班，儿子谁带，知道上幼儿园多少钱吗？不是跟你说好了吗，用不上半年，我就有户口了，儿子和本地孩子一样上学，不用多交学费，你先别急。"户口的事，潘彩虹胸有成竹。每次路过学校，潘彩虹都忍不住向里看，似乎儿子已经坐在了教室里。按规定，纳税大户每年都有几个指标，只要老板同意就行了。入户不算什么大事。之前，她没有为自己要过什么，潘彩虹并不担心。

见张国坚半天不说话，潘彩虹接着说："你看他，不会说，不会听，送到那些讲鸟语的幼儿园，多可怜，你还是安心在家吧，没人嫌你不干活。"儿子两岁后开始不爱说话，医生说，可能得了自闭症。

张国坚说："他睡在你身边，就好了。"张国坚的意思很明白，就是让潘彩虹留下来过夜。

听他这么一说，潘彩虹的心狂跳了两下，不敢再看张国坚，她明白张国坚的意思。床上那种事失败之后，他像是变了一个人，拘束，客气，连说话也生分了。

潘彩虹不认为儿子会得那种病，她觉得儿子跟张国坚很像，不喜欢说话而已。这次回来，儿子对她很友好，远远看着她，一步步靠近，再笑着跑开。潘彩虹心里高兴，拿出口袋里的小汽车，放到儿子手上，随后又取回来，在自己的手心里摩擦了几下才放到地上。转眼间，小轿车跑得无影无踪。看见儿子脸变了，想要哭，潘彩虹拍着他的小手说："等妈妈给你抓回来。"

她跪在地上，刚把头伸到床下，便愣住了，映入眼帘的是两个鼓鼓的旅行袋。张国坚父子到深圳的当晚，她便洗好，晾干，放进了柜子。

她把半个头探进去，轻轻拉开链子，张国坚和孩子的衣服被重新收进袋子。

站起身的时候潘彩虹心情完全变了。想起每次她带回来东西，哪怕是件装饰房间的工艺品，都像是带回麻烦一样，让张国坚不开心："你怎么会有那么多钱。"见潘彩虹不高兴，张国坚解释道："太多东西，走的时候不方便。"

"怎么不方便，如果走也是换个小区，一辆三轮车足够了。"现在她明白了，张国坚还是要走。想到这里，她有些内疚，张国坚刚到，哪里还都不熟。到深圳的当天，儿子发烧到医院打针，后来又总是睡不醒。张国坚当然对深圳没好印象。潘彩虹决定跟张国坚好好谈谈，她希望两个人的关系可以回到从前。

"你是喜欢庄稼还是喜欢高楼大厦。"她想起过去两个人说的话。那时候，她有了在深圳安家的想法，她在做铺垫。

"知道我买什么了？"她不想谈大道理，而是先从吃饭，睡觉开始，"土豆，我想吃，你用咱老家那种方法做吧。"她准备慢慢开导张国坚。

张国坚没有表情，抿挲着两只手说："没有猪油，做了也不好吃。"

潘彩虹脸上没什么变化，心里却不舒服，觉得张国坚成心不好好说话。她又没说做成什么样，非要较真干什么。在芳菲苑，除了老板，谁敢这样对她，她就有权让这人卷铺盖走人。她对张国坚够好了，平时，她对谁这么低三下四呀，潘彩虹越想越生气。等饭的时候，她故意不理张国坚，带儿子走到不远处的小店，买了两条棒棒糖和一小排六粒装的牛初乳。她在电视上见过，觉得这东西接近母乳。村里孩子吃奶最少都要吃到一岁半，自己孩子刚满月她便出来打工了。乳房胀得要命，甚至把衣服都浸湿了，那时她特别想儿子。直到做了经理，才把这些儿女私情放下。只要儿子能继续吃奶粉，然后在深圳读小学、中学一直到大学，永远不离开，自己的苦就算没有白吃。等实现了这些人生理想后，张国坚自然明白她的苦心，到时逛深南大道，"五一"和"十一"去大梅沙、小梅沙海边度假，在小平画像前拍张照片，寄回老家。她要让村里人都明白，自己在深圳特区过得很好，不是一个人打工，而是过着全家人在一起的日子，到时，她就是为家里立了大功。

有一阵子，潘彩虹常常在梦里笑醒。醒来后，打开灯，发现自己住在员工宿舍里。镜子里的自己不是笑，而是哭，原来是胃痛。晚上陪客人喝了太多白酒。她从瓶子里倒出一粒药，放进嘴里，那药片仿佛是颗定心丹，让她安静下来。大楼空空荡荡，楼道上有人走路的声音听得清清楚楚，楼下叮叮当当发出响声，是玻璃厂的人在干活。想起老公和儿子在不远处的出租屋里，这么近距离，却分成两处，潘彩虹再也睡不着了。每周只能见丈夫和孩子两次，下班之后，她会留在宿舍，毕竟瞒了这么多年。说出这个事，她需要一个机会。

张国坚的菜炒得很香，潘彩虹吃得最快，红红白白一大碗都吃了下去，正准备再喝点汤，她的手机响了。当着张国坚不好接，又不想它这么响着，她拿着手机去窗口，最后又进了洗手间。这段时间，像是故意捉弄她，常常是她刚刚到家，电话就追过来，等她跑回酒店，又没有什么要紧事。

张国坚和儿子送她出门的时候，都没说话。桌上的菜还有一半没有动，张国坚连饭都还没有来得及装。潘彩虹又看了眼那张小床，有些心酸。她知道张国坚的想法。潘彩虹想说句轻松的话，例如，别弄得生离死别似的，又觉得词不达意。张国坚表现平静，让潘彩虹连解释的机会都没有。她弯下身准备亲亲儿子，儿子却躲开了。见张国坚大声训儿子，潘彩虹觉得张国坚还是生气了。

因为心慌，潘彩虹的手机落在了家里。

2

芳菲苑酒店成立十年，老板庄汉文生意越做越大，连他自己也没想到。目睹了周围一间间酒楼商铺垮掉，夜深人静，庄汉文很是感慨。他认为靠的是两个法宝。一是还开了家装修公司，如果酒店生意不好，装修公司可以做后盾，不会出现周转不灵的局面。另一个法宝是客源稳定。为了能把这些单位和客人拢住，酒店没少花心思。精装细修，变换菜式，请客送礼，建立人脉，花大钱招聘年轻的服务员和部长。这一切都归功于自己用人得力，用对了潘彩虹。这个女人不仅忠心，还能做事。酒店的规章制度都是在她手上建立起来的，大事小事全部由她搞定，包括装修后，窗帘布的颜色，楼梯旁边那面墙要放什么样的画，大堂里要摆什么样的花，都对他的胃口。为了提升形象，增强凝聚力，还把原来的早操，改成了唱店歌，酒店打出的文化牌，也是潘彩虹提出来的。当然，最后这项，庄汉文很清楚是陈祥的主意，除了他，还能是谁呢。

想到这个陈祥，庄汉文又生气了，顺便还带上了潘彩虹。

　　潘彩虹刚到芳菲苑，最先见到的人便是庄汉文和陈祥。两个人站在大堂中央，阳光透过玻璃窗打在他们的脸上，潘彩虹觉得真是好看。如果非要比较，潘彩虹认为还是庄汉文好看，依据是男人要自信。庄汉文猜得不错，打文化牌是陈祥的主意。他摸着胡须说，几千年的历史证明，所有达官富人都梦想名垂青史，和文化挂上钩。如果早想到潘彩虹会把这话精包装，细打磨，做成智慧语言，变成生产力，再变成钱，他断然不会说的。他讨厌谈钱，他喜欢说金钱如粪土。说话的时候，他长长的头发潇洒地向后甩去。他说酒店终有一天会因为急功近利、唯利是图而后悔。

　　庄汉文越来越不喜欢陈祥，不仅仅是因为陈祥一副酸文人做派，主要是庄汉文不喜欢怀旧。庄汉文希望人们一认识他，他就是一个富人，或者富二代，有后台有背景，是精于高尔夫球的商人，著名大学的客座教授和慈善人士。陈祥的怀旧无疑亮出了庄汉文的底牌，陈祥的话总能让他想起穿着短裤、人字拖在大排档上挥汗如雨的形象。有陈祥在，他就忘不了自己是谁。

陈祥喜欢回忆创业时的艰难，没钱时两个人骑着一辆摩托车去借钱，到福永海边买便宜的鱼虾回来。用他自己的话说，他和庄汉文是患难兄弟。有段时间，庄汉文也喜欢书法，还想让儿子跟陈祥学习。酒店最萧条的时候，陈祥不仅没有离开，还主动提出了降工资，直到生意好起来。这都是陈祥津津乐道的话题。

最初陈祥说的时候，庄汉文还跟着补充细节，到后来，庄汉文再也不说话了，他只是点头、微笑。

看见庄汉文这样，陈祥紧张了，之后结巴了。再后来，哪怕喝醉，也绝不会喊出大哥这一句了。陈祥不能当众说的话，只好放在后面说了。陈祥说庄汉文的自信是假的，其实内心比谁都脆弱，从大排档开始，陈祥就参与了酒店的创业，所以他认为自己有绝对的发言权。

陈祥说："老板有情有义，不忘本。我们谁也不能忘本，那是我们生命的根啊。"他喜欢把传统文化挂在嘴边。

庄汉文需要忘本，最好把自己放在海水里洗白，把那些偷鸡摸狗，坑蒙拐骗唬来的钱都洗干净。

终于忍不住，当着潘彩虹，庄汉文不屑地说："什么大师，不就是写几个字吗？如果他都是大师，我那条德国黑贝更是大师了，我经常看见他用爪子在地板上乱画。"表面上，庄汉文还是说得过去，形象更重要，过河拆桥的恶名他担不起，毕竟还是有共同的熟人和老客户。起初，他还是感激陈祥，也觉得他可怜。可是，他讨厌陈祥说话，他觉得陈祥变了，和过去不同了。再后来，庄汉文觉是陈祥这么说话是故意旳。

　　其他人不喜欢陈祥，是猜到了庄汉文的心思。芳菲苑没有人愿意理睬他，认为他越活越糟，从策划变成了杂工，手里是修锁，修马桶，抄电表、水表的活，嘴上却是之乎者也。来了重要客人，才需要他在红纸上写出欢迎谁谁谁，贴在门前。由于潘彩虹的坚持，菜牌改用了手写隶书，陈祥的书法多了一种用途。

　　潘彩虹之所以对陈祥好，不仅是陈祥懂很多人生道理，例如韬光养晦，志存高远之类，主要是在阿齐的事情上，为她出过头，她觉得陈祥是因为帮她，才落到眼下这步。

　　当然陈祥跟阿齐有过节。有一段时间，陈祥总是说，一看就是个俗人，只有老板才宠着她，我看她什么都不懂。老板派阿齐选礼品，她买回一些露骨的挂历，而没有采纳潘彩虹的意见，购买陈祥的字。

陈祥说的这位阿齐外语很好，旅游学院毕业。上次来了两个老外，因为阿齐，留住了一笔大生意，因为这件事，她被提拔为部长。

最初，潘彩虹的眼里阿齐没有事业心，喜欢打牌、喝酒。有几次带了小妹喝醉回来，耽误了上班，几个人都被扣了工资。每次潘彩虹批评她，她都不生气，跟没事人儿一样，嬉皮笑脸懒懒地说："放松一下嘛，别太累自己了，潘姐，想不想出去喝一杯呢？"

潘彩虹不知道怎么答，板着脸，心里鄙视道：真是脸皮厚！阿齐从来不称呼她为经理。

陈祥夸过潘彩虹有才，有眼光，能写一手好字，喜欢学习。他跟潘彩虹说："如果需要，你可以拿我的字去送人，可以让他们高看你，看在艺术的分上，我绝对不要高价。"潘彩虹认为点子不错，再配上一盒精美点心，一定会让人眼前一亮。当然，这只是一厢情愿，书法没能成为礼品。不过潘彩虹交代财务付了一笔加班费给陈祥，她觉得陈祥最近手头有点儿紧。

客人换了一批又一批，酒店差不多天天有人见工，也有人辞职，流动很快。年头多的，做了部长，还有的转行做了皮肉生意。同来的姐妹只有潘彩虹还留在芳菲苑。门前的小树长到可以遮凉了，马路也修得又宽又漂亮。一批批小妹来了，走了，潘彩虹从传菜干起，一路升迁，最后升到经理这个位置。

因为是酒店的老人，陈祥愿意找潘彩虹说些旧事，有次喝到了下半夜，一瓶白酒全喝完了。两个人傻笑了一阵之后，都沉默了。他把手搭到潘彩虹肩上，不知过了多久，潘彩虹也喝得迷迷糊糊，突然听了这么一句。"这么些年，我对他从无二心，想想可悲啊。"那一晚她好像看见了这男人的眼泪。

"什么？"潘彩虹想问清楚，可是头晕得厉害，她分不清这些话是从自己还是陈祥嘴里说出的。

"我爱你。"结果，她听到陈祥回了这一句。

这回，潘彩虹听清了，她吓了一跳，摇了摇头，从座位上站了起来。她让陈祥别说了，她说没有把陈祥当异性，否则也不会说那么多。

陈祥盯着潘彩虹的眼睛，说："我知道，你看不上我，我知道你心里想着谁。"

生下儿子之后潘彩虹做了经理。有一次，庄汉文把手搭到潘彩虹肩上，她便流泪了。怎么劝也止不住。庄汉文问她怎么了。她扭着瘦长的身体，抽泣着："我也不知道，我也不知道。"那个时候，潘彩虹在心里叫着：
"张国坚，你怎么不找一个女的啊，你去吧，我不会怪你
的。"她觉得自己很快便要对不起张国坚了。

庄汉文说自己上过前线，他把部队的管理模式用在
了酒店。潘彩虹到了经理位置的时候，学得有模有样。
比如上班不许迟到早退，做早操，喊口号，唱店歌。"你
是我的上帝你是我的神，你是我再生父母你是我的
魂……"这是潘彩虹根据一首诗歌改写的员工之歌。当
然，经过了陈祥的修改，否则连韵都押不上。

或许歌里写到了上帝和神。唱歌的时候，她感觉酒
店是一座大教堂，那一刻有温暖的阳光照在身上。

针对潘彩虹的提拔、重用，老板娘曾经怀疑过，只
是潘彩虹相貌中等，不像其他部长或服务员那样贱贱的
或有些风骚，她还不敢确定。有一天，她在几个办公室
里蹿动："掩人耳目，以我的名义，说我和她有亲戚关
系，我什么时候和北妹做了亲戚。"她不满意这个家族酒
店，有了外人做经理。

老板看着自己的女人："什么年代了，还北妹北妹
的，将来我还要送儿子去北方长见识呢。你知道她多值
钱吗？酒店一半的生意都是她拉来的，你真是头发长，

见识短，吃的用的，还有你那些 LV、 GUCCI，儿子在国外花的钱，都是她挣回来的，上个月辞退那几个难缠的家伙，费了多少工夫，你知道吗？差不多要到电视上丢人了，最后也是她去摆平，吃饱喝足的时候，想想人家的好吧。"

老板娘嘟着嘴："她是个女的，又是北妹。"

"是女的不假，是女的是北妹我就要吗，你也太看小我了。哪个酒店不是北妹多，按你的逻辑，我天天搞女人，还用做事，酒店里哪个小妹不比她年轻，漂亮。"庄老板点了支烟狠抽一口，准备再说点什么，想了想，又咽了回去。

对于潘彩虹，有两件事，让他忘不了。一次是隔壁大厦冒起了烟雾，随后有人大喊大叫，样子夸张，几个人拿椅子去砸窗户和电视，潘彩虹没有随着那些部长和小妹乱成一团，挤向出口，而是拉住他们，劝说不要慌乱更不要损坏东西。客人不听，开始踹音箱。最后，劝说不成，潘彩虹给客人跪下了，她求客人手下留情。对方见状，抢起椅子要打潘彩虹，骂她："没人性，你想让老子跟你死在一起啊？"潘彩虹的举动，惹来一片骂声，身上还被人扔了香蕉皮。庄汉文清楚这是借酒闹事的业界同行。

另一件事情，是他受人连累被关了半个月，回来时，酒店已经萧条。厨师和小妹走了一半。潘彩虹没有走，一见面，便哭了："不要担心，有我在呢，就是出去打工，也让大人孩子有饭吃。"那次的事情被罚了不少钱，后来谁都没有再提，可庄汉文忘不了潘彩虹这句话，每次想起，还是喉咙发紧。为此他送过香水给潘彩虹，刚开始，潘彩虹特别开心，可听到价格，马上说不要，不喜欢。

庄汉文什么世面没见过呵，他的眼睛湿了。那一次，庄汉文突发奇想，让这个女人给自己生个孩子，这样她便死心塌地，留在身边为自己卖命了。当然这只是个想法。他很清楚，潘彩虹很快就老了，没有了价值。庄老板想到这些，头脑又冷下来。

听了庄汉文的话，老板娘脸上有了笑容，肥厚的身体向自己男人靠过来，从斜挎的小包里拿出一只玉镯："把这个拿给她吧，还是泰国货呢。"

庄老板看了一眼说："倒也不用，这个北妹没有你想的聪明，不过你要是再这么胡思乱想，我真找她去睡了。"

老板娘这回笑嘻嘻地说："不会的，你不喜欢她的相貌，尤其她眼睛下面那粒东西。"

"我偏偏喜欢那粒，可爱又趣致。"庄汉文故意瞪着眼睛。

老板娘笑了，伸出一对肥胖的手，给庄汉文揉肩了。

3

处理完酒店的事，潘彩虹便着急赶回家了。进门前，她把头发扎成马尾，口红也涂掉了，她做好了被张国坚质问的准备。

也想过张国坚可能看不到手机，很快便明白是自欺欺人，房子小，电话又一直响不停，没可能看不到。

见到张国坚怪怪的眼神，潘彩虹心慌了。

潘彩虹夸张地叫着："饿死我了。"几顿没吃一样，她从厨房端出上一餐剩下的鱼和青菜，在电饭煲里盛了半碗冷饭，夸张地吃了起来。吃完饭，她躺在了床上，故意显出懒态说："还是家里的饭好吃，酒店的饭菜想起来都恶心，用的尽是地沟油。"

张国坚盯着桌子上的空碗，没有接话。

潘彩虹的人和话都被晾了起来。

过了一会儿，她觉得自己讨了没趣，抬了抬身子说："手机没带走，害得那些客户找不到我。"见张国坚还在沉默，又说："我要是有了钱，买了房子，才懒得理他们。"她有些前言不搭后语。

房间里静得可怕，可以听见彼此的呼吸。张国坚指着洗手间说："还在那儿。"

"给我拿过来。"潘彩虹心里怕得要命，嘴上却撒着娇。

手机没有放到潘彩虹摊开的手上，而是被张国坚丢在了餐台上。潘彩虹爬起身，故意装出漫不经心，可没等看完信息，手脚已变得冰冷。

几天不到，陈祥仿佛变了一个人，他的信息大胆、直接，称呼潘彩虹为宝贝。例如，想不想我，要不要我陪你啊。过去他见了潘彩虹，还会出现小小的结巴。尤其是在他那个窄小凌乱的工作室里，潘彩虹一身挺括的衣服，把对方显得矮小和寒酸。陈祥娶了第二任老婆之后变化很大。有一次竟然约潘彩虹到家里。当时，他老婆有事，回了不远处的娘家。陈祥约潘彩虹到家里过夜，如果保安问，可以说是送外卖的。他的意思很明显。多年前，潘彩虹在某个客人家里差点被砍，现在她不会冒险走这一步了。见潘彩虹支支吾吾，陈祥说："不愿意就算了。"最后，他半开玩笑说道："你可是欠我的。"

最后这句，让潘彩虹感到心灰意冷，连陈祥都这么说话，她觉得男人个个都一样。

潘彩虹不敢看张国坚，她猜到，张国坚把信息和床上的事联系在一起了。

并非不想做那事，而是太久没在一起，有些陌生了。这样的时候，脑子里就会分岔。她希望心里什么都不装的时候，再和张国坚同房，这样对自己对张国坚都公平。现在看来，这种事不能等了，她需要尽快缓和关系，让张国坚懂得自己的心没有变，还属于这个家。

她蹲在地上，慢慢拆开盒子，拿出一对溜冰鞋，放到儿子面前。见儿子没反应，又把手机调到游戏上，放到儿子面前说："这回想玩多久就玩多久。"随后她从床角拎出一瓶啤酒，给自己和张国坚分别倒了半杯，自己先喝了一大口。喝到最后，她对张国坚说："你别动手了，我收拾。"

她从包里拿出一个印了草莓的新围裙，让张国坚帮她系上。等待的时候，头皮有些麻，想着张国坚会不会从后面抱住她，像某些客人那样，例如吻她耳朵之类。想到这儿，她的毛孔竖了起来。原来，和庄汉文一样，她也不愿想起往事。

系好之后，张国坚退了一步，眼睛对着窗外。外面是一家批发粮食的店铺，堆在外面的大米闪着银色的光彩，让人感到恍惚。她也喜欢大米，可是她更喜欢深圳，喜欢酒店。村子里还没有人到她这个位置，没有人像她这样有权有势，手上管了两百号人，比村主任还威风。

接下来，两个人都没有再说话。

儿子玩得太累，早早睡着了。听着他发出均匀的呼吸，两个人才钻进被窝。潘彩虹不想张国坚的脑袋和身体太过冷静，她从后面抱住了张国坚。如她所想，张国坚身体开始燥热，紧接着发生了巨大变化。潘彩虹生出了得意。她小心褪下张国坚裤子那一刻，脑子再现空白，很快便浮出庄汉文，他一会儿是笑，一会儿又变成了训话，比任何一次都清晰。又来了！怎么办啊！她摇了下头，想把庄汉文从脑子里甩出去，只是庄汉文消失，张国坚已翻身下床。

潘彩虹茫然地看着黑暗处问："你什么意思？"

张国坚的眼睛一直睁着。过了一会儿，他穿上衣服，下床，拉开防盗门，走了出去。潘彩虹以为是自己变了，现在才明白，张国坚也变了，不再是原来那个人。

潘彩虹在床上，发了一会儿呆，想着张国坚的样子。过去，张国坚喜欢做爱，总是嫌不够。潘彩虹每次回老家，两个人很少想着出门。可现在怎么了？她从架子上拿出一个本子，撕出一张纸。她要给张国坚写封信。她觉得自己有很多话要说。她在心里打着腹稿，大意是到酒店上班是为了家，而不是为自己。前些年他能理解，现在也应该理解，希望两个人共同努力。这封信的关键词是等待，别急。写了很长时间，有几次，潘彩虹写着写着突然想哭，看着睡着的儿子和随时打开的房门，又忍了。泪水回到眼眶之后，内心有了些变化，她开始想念庄汉文。潘彩虹在心里念了一句：老板！这样的一个夜晚里，自己竟然和庄汉文贴得很近，朝思暮想的张国坚却离她很远。来深圳这么久，她还没有试过这样的孤独。

天亮前两个人都没有再睡。潘彩虹走出家门。她抬起头看了看天，发现天上竟然有几粒星星，很真切，感觉像是做梦。她感觉想家了，只是这个家不是老家，是什么地方，她也不清楚。

4

潘彩虹打交道的人多是办公室主任、财务科长、单位一把手。潘彩虹的经验就是忍耐和会做事。曾经有个客人把开水洒到她身上，她熬到下班，腿上已经起了水泡。上任初期，为了给酒店拉生意，她什么手段都用上了。喝多了酒，竟稀里糊涂跟人上了床。对方说："你是想我们在你那儿消费吧。小儿科呀，明天就可以办。"这个人显得冲动，说："还有什么事，都说出来，等我没权没势的时候可帮不到你了。"言外之意，他大权在握。

潘彩虹想了想说："听说有个同事也去联系了。"

对方不屑地说："那又怎么样，还不是我一句话吗，只要你想，即使签了，我照样能收回来你信不信。"他指的是消费协议。如果签成了，潘彩虹第二天就可以提成。

潘彩虹心里觉得不忍，怯怯地说了句："都是同事，有些不好意思。"

男人在床上踢了下潘彩虹的脚，说："你又不是没做过坏事，连床都陪人上了，生意上的事还发愁虚伪！要是再这样，可没人愿意搭理你。"见潘彩虹还没有反应过来，对方变了脸："妈的，难道还等我来求你啊！"男人拣起地上的衬衣，拎在手上，用力抖了抖，穿好，眼睛不看潘彩虹。显然潘彩虹刚才的样子，把对方显得不厚道了。

潘彩虹想拉住对方，看看还有没有别的补救办法，衣服却在远处的椅子上。她不好意思光着身子去拿，犹豫的时候，男人拉开门，走了出去。外面是刺眼的阳光。潘彩虹被晾在了日光之下。

男人没有等她。

从东莞回到深圳时，天已经黑透了。潘彩虹后悔说错了话，只好打了牙往肚子里咽。这是潘彩虹的第一次。

并不是潘彩虹不领情，而是明白有些人只是一时兴起，假仗义而已，哪怕刚喝完交杯酒，出了门照样跟她耍滑头或打官腔。弟弟失业没活干的时候，她试着找到这位夸下海口的男人。话说出以后，对方笑着的脸马上变得严肃，对潘彩虹说："怎么都挤到这了，深圳到底有什么好啊，我还想着住到乡下去呢，世外桃源，过与世无争的生活多好。"他接着又说："好好学习，多读点书，拿个硕士文凭再说吧，工作的事，着什么急呢？"前一分钟，他的手还在潘彩虹的大腿上。

潘彩虹调皮地看着对方不说话。对方见潘彩虹这样，紧张地问："你怎么这样看我？"

潘彩虹笑道："没什么，我是看你的领带漂亮呀。"这一刻，她的心已经凉了。

见潘彩虹懂得事理，不点破，他便说请潘彩虹吃饭，地方定在芳菲苑。

埋单的时候，潘彩虹交代部长狠狠宰了这人一笔。

有个人带她到莲花山过夜。里面有个高尔夫球场和会所。看见游泳池里面干净的水，潘彩虹很是喜欢，觉得像小时候村里的池塘，忍不住想去泡一泡。这人说，不急不急，笑着拖她回房。心急火燎做完事，歇了一会儿，潘彩虹又想下去泡温泉，对方便冷了脸："不早点回去，你老公不生气吗？"

听了这话，潘彩虹吓出汗，怀疑对方已经打听到了什么。想到张国坚和儿子还在老家，他不可能知道，才放下心，嬉皮笑脸地说："我老公不是你吗？"刚才他还逼着潘彩虹喊老公。潘彩虹叫不出口，每次都含糊一句，连自己都听不清。

像是吃了大亏一样，对方冷冷地说："妊娠斑在那摆着，自己看不见啊。"见潘彩虹发愣，又说："别装傻了，这么老了，还出来混。"

潘彩虹心里想，你呢，四五十岁了，没老婆还是没孩子，有什么资格要求我？也不照照镜子。她后悔出门前，买了套名牌内衣，那些钱可是全家半个月的伙食。

这样的事有过几次，潘彩虹知道是自己蠢，也承认当年幼稚，好在这些客人一个个都消失了。转念一想，她便释然了。比起能讲一口外语的阿齐和那些管理人才，自己没有文化，没技术，付出这点算什么呢。何况又没人知道。

潘彩虹把精力用在拿大单上了，大单位和大公司才进入她的法眼。对那些散客，她一律不理，也不争取。她对手下人管得很严，不许顶嘴、吵架，客人要求什么都好商量。不能怠慢任何一个客人。如果违反规矩，她对谁都不客气，不管事后她们怎么求情，一律扣钱或炒掉，当然部长除外。总之，有她在，老板一百个放心。

对于包房外面的客人，她不争，也不派名片，让部长和服务员充分发挥。有了回头客，也不吝啬发奖金。这样一来，新来的服务员觉得潘彩虹大方，不计较。面对客户，她确实有自己的一套，这是时间和阅历给她的礼物。对那些刚刚提起来的办公室主任、财务科长，她有些吃力。后来找到规律，这些人胆小，贪心，情绪化，容易坏事，要过了一年半载，胆子才大，除了回扣，他们还会另外索要东西，要的东西甚至会超出潘彩虹的权限。她除了拿些店里做的糕点，还送睡衣或是名牌头饰、餐券、洗头票、美容卡给女人们。对男人她会直截了当，给钱或是购物卡。当然也都是羊毛出在羊身上。打过几次交道后，甚至连问候的短信也免了。只要哪个单位最近不过来，她便打个电话聊几句，对方多半不出三天就会过来消费。碰上装糊涂的，她会说："这儿给您留着大闸蟹呢，空运来的，等会儿我派司机给您送过去呵？"

对方听了马上说，"不客气不客气，下班后顺路去拿"，或是"过两天到你那儿吃饭再说"。潘彩虹弹无虚发，把重要客人攥得很紧。她不会再像出道时那么实心眼，搭上身体了。

当时有个财务部长，经常过来打包，不给钱，每次都说到月底结，过了几个月人还是没过来。潘彩虹有些害怕，担心跑单。刚好这个单位一把手带着人过来，潘彩虹便说了自己的担心，意思是请领导督促这位部长把单买了。

一把手没听完便拉下脸，交代部下不吃了，顺便结了之前的账。

潘彩虹傻了，这个单位从此再也没有来过。事情过去了很久，有次，老板喝多酒，指着潘彩虹鼻子说："你呀，就是太过老实，好好的一个大客户，被你赶走了。"

潘彩虹说着话有点想哭："我是害怕追不回来，有几万呢，他打包的可都是燕窝和鱼翅。"

庄汉文说："怎么追不回来，他们十几层的大楼还能飞啊，你怎么知道不是老板的意思，你真以为他会为这区区小钱逃港啊，你真是落伍了。"

听了最后一句，潘彩虹又委屈又感动，换了其他人，早被老板开除或扣钱了。当晚她梦见自己头枕在老板手臂上，脸对着那片雪白的胸脯，像不谙世事的婴儿，直吻下去。她被自己吓醒了。

对于自己的地位，她还是通过那些部长、服务员、厨师、电工逢年过节孝敬的东西中看出来的。虽说是些不太值钱的土鸡蛋、家鸡、茶叶、水果之类，潘彩虹也很满足。最初，她并不习惯，有两次还封回利是。对方不肯收，笑着说："经理啊，按照深圳人的习惯，结了婚才有资格封给别人呢，等你嫁了老公再给我们呵。"

潘彩虹讪笑："说不准是你们先给我呢。"她有些心虚。

对方做了一个鬼脸说："您不嫁，我们就更没机会了，谁会找酒楼小妹做老婆呢。"

听对方这么说，潘彩虹心里也有不快，自己同样做过多年小妹，理论上也属没人要那类。好在自己早早结了婚。

到了三十岁，潘彩虹明白在这个行当里，自己没资本了，撒娇献媚等招数不再适合自己。这么一想，她变得大度了，感觉连妒忌都没了，甚至还会替庄汉文瞒着。有次老板娘得了消息，冲进房门后，回头狠劈了她一个耳光，骂道："你是他什么人啊！"

潘彩虹很委屈，又不敢告状，反过来劝庄汉文对老婆要好点儿："没人真心，都是要你的钱呢。"

潘彩虹是故意这么说的，她指的是阿齐。阿齐并不傻，她手上有大把酒店，谁给的回扣多，她就把客人介绍给谁，哪怕是抢。即使最后被发现，她也能用撒娇撒谎的办法混过去。老板似乎喜欢她这样，也不去追究。每次得罪了什么人，她都会请人喝酒吃烧烤化解掉，遇上事一律拿钱摆平。喝醉的时候，她打着响指，money，money！

潘彩虹看不上阿齐那副样子，觉得她这就是放荡，不正经。

为了这份信任，潘彩虹承认自己付出了太多，酸甜苦辣不必说了，都变成了她的城府和魅力。尽管优势不在，可她的笑容还是很迷人，说话大方得体，这一切都因为场面见多了，是吃了太多亏，受了太多苦换来的。有些男人一定要她陪酒，认为只有她过来敬几杯才有面子。潘彩虹也愉快答应，从不扫兴，用真酒，连喝几杯。埋单的人便觉得有面子，脸上开始发光，接下来的发挥更加顺畅，如虎添翼。如果碰上不好劝的酒，潘彩虹还会受指使把指定的客人灌得丢盔卸甲，缴械投降，众人面前把事情应承下来，或是当场签了合同。潘彩虹帮过客人不少忙，对方也明白潘彩虹的价值，经常拿些小费或港货给她。附近不少酒店都知道潘彩虹，想出各种方法挖她。潘彩虹犹豫，甚至短暂地离开过，只是庄汉文一句话，她又回来了。庄汉文除了对她出手大方，给出高工资和奖金，感情上也乐得投资，他总是找时间和潘彩虹单独说会儿话，还承诺给她一个指标，把户口调过来，说，十月是调户的月份，哪怕只有一个名额，也要给她。

潘彩虹明白自己的分量，直到阿齐的事情发生。

那一次，潘彩虹似乎有预感，右眼不断地跳。

先头是几个客人在楼上喝酒、唱歌，有个男人还把手放在潘彩虹腰上。一切都跟往常一样。

在芳菲苑，谁都知道，《帝女花》是潘彩虹的保留节目。酒店小妹很懂事儿，没人敢唱。为了这首曲子，潘彩虹不知在人后练了多少次，花了多少工夫。作为一个"北方女孩"能把一首粤曲唱到这份儿上，实在不容易。

那一晚，正如潘彩虹的担心，这首歌被阿齐抢唱了。

只一句，歪醉在沙发上的男人们便坐直了身体，全神贯注盯住台上唱歌的人。声音如同从天边飘来，哀怨，悲凉，迷离，把人带进一个陌生的世界，刚刚的现代女孩瞬间变成了深情绝妙的远古女子。

　　潘彩虹一直以为自己再也不会嫉妒了，而这一刻她像是从噩梦里醒来，浑身冰冷，尽管脸上的笑容还在，心里却已经在欢呼声中生出恨和痛。她感觉很多人在看她。想象中，脚上的高跟鞋发出了咚咚的响声，她走上台，抢过话筒，甩给对方两个耳光："没大没小！想出位，你还太嫩！"这样的场景在脑子里不断闪现。她忧郁地看着坐在不远处的老板。她知道再这么下去，自己就完了。到时，她去哪里找事做，难道要重新洗碗、传菜，所有的付出都无用了吗？

　　阿齐来到酒店之后，老板对潘彩虹的态度发生了变化，潘彩虹有些寒心，又说不出口。她越加不满意自己的表现，当然不满意自己的地方还很多。除了眼睛下面那颗黑痣，她还有些溜肩，西装穿上会暴露出很多缺陷，自己真的那么不可救药吗？潘彩虹想得头要裂了，差不多绝望的时候，才想到陈祥。

　　这个城市，她找不到一个人可以说话。陈祥毕竟对她有过那种意思，说过那句话。

潘彩虹把阿齐与其他酒店的人勾结，关系暧昧，多次拉走客人的事告诉了陈祥。为了酒店形象和发展，他希望陈祥出面说服老板，炒掉阿齐。

连自己也没想到，这一次，她失去了耐心，没等陈祥回来，潘彩虹便已经迫不及待。

5

转眼张国坚和儿子到深圳半年了，习惯了潘彩虹每周回家住两晚的事实。虽然没有想的那么顺心，日子却也过得平稳，那些不愉快的事情都过去了，包括庄汉文的疏远，陈祥的暧昧。

潘彩虹觉得自己离目标越来越近，存折上的钱已经到了十二万，二手房的首期似乎不成问题。实在不够，还可以先到深圳边上的樟木头买间小房子。那里曾经是香港人的二奶村，金融危机后，香港人走了，留下了许多便宜的空房子。

这个时候，发生了一件事。这件事，让潘彩虹觉得自己命运的转折点不是张国坚和儿子的到来，而是眼睛下面那颗痣。

庄汉文交代，晚上有几个重要客人过来，按照惯例，她需要准备一下。不巧的是宿舍那边旧城改造，停水停电，客房又意外爆满，使得潘彩虹没地方洗澡、化妆。送走了一批客人，她站在门前，想着要不要回家，可又怕白天洗澡、化妆，让张国坚有想法。正想着怎么办，便听见有人喊自己，随后她见到了一个久违的面孔。

和过去一样，阿齐还是喜欢笑，笑的时候，露出一只小虎牙。

美容院是新开的，位于酒店左侧，潘彩虹到过这种地方。音乐、高级护理液和那些讨好的声音，会让人放松。张国坚和儿子到了之后，她花钱比过去更节省，很久没有去了。

洗漱完出来，潘彩虹想对阿齐说句谢谢时，看见阿齐正向客人推荐一款美容产品。她听了一会儿，没去打扰，暗自佩服这个女孩儿的口才。阿齐说埃及艳后正是靠这个东西，征服了所有男人。

每次见到潘彩虹，阿齐都很高兴。潘彩虹倒是冷静，拿足架子，任凭她前前后后地忙活和示好。从始至终，阿齐从来没有向她推销过任何化妆品，还说："您跟过去一样年轻，什么化妆品都不需要，每天好好睡觉就行了。"

阿齐还想找些话，说："那时还傻乎乎去唱你的歌，想想真是不识趣，我算什么呀。"

"现在我也不唱了，再说那种歌儿也不吉利。"潘彩虹装作不在意，笑了笑。

不记得过了多久，才说到潘彩虹眼睛下面的痣。

"你也认为是滴泪痣？"潘彩虹伏在床上，整张脸对着雪白的床单，懒懒地说。

阿齐说："谁都知道呀。"

"怎么没人告诉我？"潘彩虹挺直了脖子。

阿齐变得严肃："如果我还在酒店上班，肯定也不会跟你说。"

潘彩虹警惕起来："怎么会这样？"

阿齐调皮地说："个个都怕你呗，你权力大，能力强，老板那么喜欢你。哈哈， flunkey！"她嘴里冒出了一句英文。

"什么？你刚才说什么？"潘彩虹脸涨得通红，手脚也不像是自己的。为了掩饰喜悦，没有等到回答，她便跟进一句，"谁说他喜欢我了。"潘彩虹光着身子，内心已被喜悦溢满了。她猜出那句英文是夸奖的意思，总之是句好话。早在酒店的时候，阿齐就常常卖弄英文，比如打电话，常常用英语，把其他人变成了什么也不懂的傻瓜。

潘彩虹不敢再问，否则会显得老土，什么也不懂，同时也会让自己看起来太骄傲了。

像是没听到潘彩虹的话，阿齐继续为潘彩虹按摩后背。"老板喜欢你，谁都能看出来。你又漂亮又能干，不然他怎么会把这么大一个酒店让你管，连老婆都不许插手，分明把你当成了他自己人。"

被她这么一讲，潘彩虹红了脸。原来老板的心思谁都清楚啊，只有自己还蒙在鼓里。她觉得此刻的阿齐像个小媒婆，小天使。"富兰克恩，富兰克恩。"阿齐就是这样说的，潘彩虹在心里重复了几遍。喜欢听，太喜欢听了，她觉得英语天生就是带着那种洋气，美妙的感觉让她内心酥醉。她强压着喜悦，故意板了面孔说："普通的上下级关系呵，小妹妹你不懂呀。"

"呵呵。"阿齐不再说话。

潘彩虹虽然看不见她的脸，却想到对方微笑的样子。

潘彩虹喜欢她这么说，也希望阿齐还能提起这个话题，为此她去的也比较勤。只是阿齐像是忘记了这件事，再也没有提过。

"你说我把这颗东西除掉怎么样？"终于有一天，潘彩虹主动说起。

"哈，我可不敢说。"阿齐似乎退了一步，她正往手里挤按摩膏。

潘彩虹吃了一惊，笑着问："怎么了，说了有人会杀你啊。"

"是啊，老板娘饶不了我。"阿齐笑嘻嘻的样子。

潘彩虹还是不解："什么意思？"

"要是没了这颗东西，我猜想老板会娶你，休掉他那个又老又蠢的婆娘。不过，到时候，你可能看不上他了。"阿齐胸有成竹地说。

"为什么呀？"潘彩虹想起老板确实盯过她眼睛的下方。

"这还不知吗，想找你的男人要排长队了。"阿齐夸张地用手比画着。她后悔自己问了为什么，这会暴露自己的内心。潘彩虹装出生气说："唉，真是越说越离谱，就这么一颗破痣，被你说得神乎其神。"说这话的时候，潘彩虹已经为自己下了决心，除掉它，必须尽快除掉。她在心里怪自己没有早点遇见阿齐。

6

点痣的事情被列到议事日程。

交了定金之后，潘彩虹才发现很难请假，原来酒店哪一天都离不开自己，很多客人是对着她来的。

直到她请好假，把工作安排妥当，躺到美容床上，整个人才算彻底放松。她幸福地闭着眼睛，想着除痣后脸上清爽的样子。

远处传来车流和各种流行歌曲交汇的声音，近处是铁器在托盘里发出的响动，清洗，再清洗，然后是敷上麻药。她感觉被人抬上什么地方，接下来，她飘上了天空。她听见，远处的排风扇发出呜呜的怪声，地上的空罐子被吹得四处乱跑，转眼她便进入了梦乡。梦里，她在田里奔跑，捉着蜻蜓。不知过去了多久，潘彩虹感到有个尖锐的物体，没有任何过渡，突然扎进了她的肉里，并快速旋转。

潘彩虹大叫了一声，从半空中跌了下去。

整张脸像是被火点燃，正在冒出浓烟。这一刻，她看到自己的指甲已经掐到阿齐的肉里，恍惚中见到她的一对虎牙正对着自己。潘彩虹发现那是一张陌生的脸，她打了一个冷战，从床上弹起。

"没事，没事，一会儿就好了，一会儿就好了。"阿齐的脸恢复了原状，她轻轻拍着潘彩虹的手，按低了潘彩虹的身子，一阵香气熏过来，像是对着婴儿，阿齐附在她耳边说话，潘彩虹觉得还是困，随后，眼睛又打不开了。

不知过去了多久，潘彩虹才醒过来。

出门的时候，她看见店里的美容师用异样的眼光追着自己。

潘彩虹有了种不祥的预感，她很想退回去问点儿什么，只是对方的眼睛迅速躲开了。她突然意识到自己可能犯了错误，甚至是大错，她不敢再想了。

镜子里，脸已经肿了，并且还在持续。左眼眯成了一条线，黑痣变成一个黑球正迅速膨胀。

趁着天黑，潘彩虹喊停了一辆摩托。推开家门的时候，儿子差点儿没认出她，连退了几步，躲到张国坚身后。从厨房出来的张国坚也吓住了。他扔下菜，一把抓住潘彩虹："怎么了，出什么事了？"这是到深圳之后，他第一次主动拉潘彩虹的手，她听到了张国坚怦怦狂跳的心。

　　此刻，潘彩虹想扑进张国坚怀里，她嗅到了张国坚身上的味道。

　　看见潘彩虹低头不说话，张国坚的脖子变得又红又粗，他甩掉潘彩虹的手，退后一步，盯住潘彩虹的脸冷笑道："被人打了？被别人的老婆打了吧？我早就猜到会有这么一天。"

　　潘彩虹一下子蒙了，全身的血向头上涌，她终于明白，张国坚的态度。潘彩虹大声吼道："对，我是被别人打了，你不是盼着这一天吗？张国坚你听着，我就是被人打，也比跟你这种窝囊废强。"不等张国坚说话，她继续喊："这些年，你是给我吃了还是给我穿了，你在老家享受田园牧歌的时候，我在外面受过多少苦你知道吗，现在你的弟弟妹妹毕业了，不需要我的脏钱了吧！"

　　"在老家你不会这样，是不是他在附近，你就不行了？"张国坚也好像豁出去了。

潘彩虹愣住了，她知道张国坚指的是什么，想不到这些话会从腼腆的张国坚嘴里说出来。

潘彩虹看了眼张国坚，转身去拉门，她跑了出去。

她以为张国坚会追出来，过了一会儿，也没等到，她的身子软得像摊泥。

转过一条街，潘彩虹把身体贴到一面墙上。

她拨通电话，听见电话那边的轻音乐和笑声。什么也没发生一样，阿齐很平静，说："算是正常反应，不用担心。"

脸还是肿，原来那一颗小小的黑点已经变成了一大片，像是长出的另一只眼睛。不要说工作，她已经无法见人。第三天的时候，潘彩虹只好再打电话。阿齐有些烦躁了："是你的体质问题，跟我有什么关系。"

潘彩虹厉声道："如果当初不合适，你为什么要介绍？"

"我向你介绍过吗？"阿齐似乎口气也变了。

潘彩虹软下来，心虚着："是你说过这东西难看。"这一次，她的口气已经软下来："算了，这事我不怪你，看看还有没有其他办法。"

"你怪得着我吗？"对方沉默半刻，变了语调说，

"难道不是你要除掉它，然后用这张脸去老板那儿讨好、献媚吗？"

潘彩虹终于明白。她已经顾不上哭，在电话这边大叫："你不怕再丢了这份工吗？"

赶过去的时候，阿齐已经离开了美容院。

美容院的老板安慰说是正常反应，不用太着急，见潘彩虹还不肯罢休，才说："如果是故意，也是私人恩怨，与美容院无关。听说你因为嫉妒，炒掉了她，害得她连住店的钱都没有，下着大雨站在大街上哭。"最后对方意味深长地说："知道谁介绍她过来的吗，对，是你们老板，他开车把她接走了。"

电话刚通，潘彩虹就哭了。

见面后，陈祥倒是对潘彩虹的脸没有大惊小怪，批评她想得太多，不必把脸的事看得太重。"女人最关键是气质，这些事根本算不了什么，小事一桩，只要有文化，有本事，什么脸都一样。"

听了这话，潘彩虹心里好受了些。酒店的人在路上见了她，都故意躲开，更不要说打招呼。

潘彩虹感激道："陈老师，你这么说我很感动，证明我没有看错人。"

"呵呵，我只是个体力劳动者，杂工，杂工也，与您可不一样。"转眼，他又变回酸溜溜的文化人。

"我不管别人说什么，你是我心中的老师。"潘彩虹真诚地说。此刻，她多想听到几句安慰。

陈祥摆着手："严重了严重了，你我不同，你我不同也。"

原来陈祥也想和她拉开距离。她在心里冷笑了一声，恢复了以往的傲慢："老陈，如果没事我先告辞。"她就是想让陈祥知道，今后不要没大没小，少套近乎。说完，她转了身准备出门。

陈祥没有想到潘彩虹的变化，立刻又变成了讨好："呵，对对，我找你还真有事，情况是这样，知道你手头有些积蓄，这次你得帮我救个急，我想买房，现在就差个零头了。"

"你不是有住的地方吗？"潘彩虹也急了，绷紧身子，她后悔来找陈祥。她想起有人说早在半年前，陈祥就打两份工了，也有人说见过他赌博，常常上班时间偷偷溜出去，还把酒店的东西带出去。此刻，潘彩虹突然知道庄汉文为什么那么讨厌陈祥。

陈祥眼里现出从来没有过的诚挚："我想给前妻和孩子买套房,哪怕再小,也算有个地方住,我真是对不起他们。"

"我哪有那么多钱。"听了陈祥的话,潘彩虹惊出一身冷汗,向后退了半步,她叹了口气,"再说房子现在有多贵啊!"

"呵,我自有办法,你借给我就行了。"陈祥笑了。

潘彩虹吓得语调都变了:"我哪有那么多钱呵!"

"五万不行就三万,两万吧,一口价,就这个数,这回不许变了。"陈祥脸上现出那种古怪的笑。她第一次看见陈祥这种表情。

见潘彩虹沉默,陈祥又说:"现在你是我在深圳唯一的亲人,也只有你能帮我。"

潘彩虹稳住了神说:"不好意思,真不行,我也有老公和孩子,我们也需要一个住处。"

"可你一直没有说有家,有孩子。"陈祥红了眼睛。

潘彩虹低下头说:"你也没问过。"

"这难道不算欺骗吗?"陈祥厉声喝道,"你真是会装,让我们都上了当。"

潘彩虹变得冷静:"对,你说得也许对,算我欺骗,可我骗了你什么？"

陈祥的脸色越发灰白，似乎想不到潘彩虹这么回答自己。停顿了一会儿，他突然举起一根染了墨汁的手指，直指潘彩虹："看看你的样子，又老又丑，什么本事都没有，只会陪人睡觉拉客户，还自以为是。你知道他们背后叫你什么吗，太形象了， flunkey！ flunkey！"潘彩虹又听到这熟悉的一句。

"什么意思你知道吧，穿制服的狗！奴才！这是阿齐教给我们的。"陈祥说。

像是做了场梦，一切都不同了。

潘彩虹发着抖，她觉得自己正在失控："对，你说得对，不过，我用不着你提醒，请你管好自己，不要再跟我说那些恶心的话。"

好像呼吸困难一样，陈祥的脸已经变了形，连嘴也变成了灰白，说道："我早应该向您这位大经理汇报。那次，我没那么傻，没那么容易利用，帮你害人。你就是狭隘，自私，见不得别人年轻漂亮，比你有能力，抢了你的风头和饭碗，这些年你赶走了多少有能力，比你强的人。经理？你还当真了。这些可都是庄汉文亲口对我说的。你不是什么都听他的吗，知道吗，你把他当成了神，他把你当成什么，一条狗！酒店里有多少他的新欢旧爱，你知道吗，他为什么不碰你，告诉你吧，他嫌你丑，嫌你的黑痣不吉利，你呢，是不是做梦都等着他召唤呢！"

潘彩虹已经抖得站不住了，需要深呼吸后才能说话。"好，好，我早应该想到。"她觉得自己的心要跳出来了，"你表面上清高，一天到晚怀旧是为了什么，难道不是讨好吗？以文化的名义骗吃骗喝，真以为别人会信你的那些话吗？你口口声声说不爱钱，却抛弃老婆、孩子，去傍富婆，到头来，什么也没得到，倒拣回一个癫痫女，你这是遭了报应。什么大师啊，告诉你，在别人眼里你就是个又穷又酸的穷光蛋。我并没有想过要揭穿你，今天是你逼我的！"

她并不知道陈祥喝了酒，更不知道他手里拿的不是画笔，而是一个白酒瓶子，否则她会躲得快一些。

7

潘彩虹在医院躺了一天才醒过来。她是后退时候被绊倒的，摔在了石阶上，流出很多血，连脚也崴了。

老板娘亲自来到医院，送来 1000 块钱和一袋进口提子。看见潘彩虹这副样子，老板娘开始时还算客气，拍了拍潘彩虹手上的钱，说请她多保重，说这个月的工资还会给她。

看着老板娘，潘彩虹很想说句对不起，庄汉文跟那些女孩混的时候，自己站岗放哨编谎话骗她。

见老板娘起身要走，潘彩虹急了，拉住对方衣角："户口申报月底就截止了。"

"户口？什么年代了，还有人稀罕这玩意么？"老板娘不屑地说。

潘彩虹低了声音："我儿子上学有用。"

像是受了刺激，老板娘突然变了脸，道："你儿子？你不是未婚吗，几天不见怎么就有了儿子？不敢想，再过几天，你还变出什么。"

潘彩虹显出了乞求："老板答应过，说只有一个也会留给我。我知道酒店有指标。"

"你也信？他答应的女人真是太多太多了！"说完，老板娘用力甩掉潘彩虹的手，站起身，冷着脸，走向门口。

再过来的是个年轻女孩，她带来一份通知，大意是潘彩虹已不适合留在芳菲苑，为不影响酒店工作，潘彩虹须尽快清理东西，为新经理腾出空间。

"是你吗？"潘彩虹双手冰冷。

听了这句，对方有了变化，先是五指并拢，站直了身体，脸上现出训练过的笑容："你好，潘小姐，我是刚刚任命的经理，欢迎您和朋友到芳菲苑就餐住宿，我们将热忱为阁下提供一流的贵宾服务。芳菲苑酒店依山傍海……"

潘彩虹毛孔张开了，太亲切太熟悉，这是她当年趴在床上，熬夜写的，背诵了十几年，每次，脑子里都有画面，那情景真美啊。

只几天时间，天就已经变凉，秋天到了。身上的衣服也短了。与此同时，潘彩虹发现脸已经没有那么肿，身体也轻盈了许多，似乎如她们所说，过几天就好了。

一出医院的门，她便觉得远处有人在看自己，像是个女的。正想着会是谁的时候，面前开过来几辆摩托车，围着她。潘彩虹摆着手，用广东话说"不用，不用"，便退到人行道上。

又向前走了一段路，她才停下，站在老干活动中心门前的台阶上，拨了号。

电话通了，听到潘彩虹"喂"了一句，对方便挂断了。

本来也只是想道别，而没有其他。

如果庄汉文接了，劝她回去，她知道，那时的她，如同被人点了穴位，不会拒绝的。

呵，谢天谢地。潘彩虹从五脏六腑透出一口大气，身体放松了。

抬头看了看天，天是黑的，地也是黑的，四周很安静。潘彩虹慢下脚步，她在想，发生的这一切，怎么跟张国坚解释。说哪些，不说哪些，张国坚会信吗？

这时，潘彩虹被一个细长的人影拦住了。之前，她也感觉到有人跟着，还以为是幻觉。

阿齐斜挎着包，两只手全部放在前面，抓住细长的带子。她身上的衣服好像被风吹透了，在夜里显得无比单薄。此刻，她拘束地站在潘彩虹面前，两个人都沉默了。

过了一会儿，阿齐声音低沉，她说："还以为会开心呢，呵，没想到连我这种人也会失眠。"

街上重新有了风，废纸、塑料袋被吹得四处飘荡，有时还会发出"沙沙"的响声。

潘彩虹咧了下嘴，脸被扯痛了。她潇洒地指了前面的一个小店，对阿齐说："想不想去喝一杯呢？"

「花开富贵」

之前，王研霞不知道萍山有些名气，尽管她在那里生活过十七年。

她是读完一封家信后，开始收拾东西的。几年来，王研霞和弟弟一直保持着邮件联系。尽管都有了手机，家里还安了电话，可她喜欢这种方式。写信的时候，她愿意把背景搞成深蓝色，夜晚那种，一轮月亮和几颗小星星挂在上面。这样的时候，王研霞会想那个家。甚至延迟一点儿时间离开办公室，想象着弟弟描绘的那种温馨。

出发之前，王研霞对着天棚发过一会儿呆，为窗台上的花浇了水，从柜子里拣出几件换洗的衣服，放进红色拉杆旅行箱里，才锁了门。她悄悄出了厂，转了一个小弯，来到街上。街上没有车，很是清静。天上有许多许多排列均匀的云彩，随着王研霞的脚步前进和起伏。风有点凉，进了她的脖子。平时她不会这么早起来，即便是失眠。

王研霞走到了人行道的中间，担心行人稀少，不安全，忍不住用手捂紧了腰上方的挎包。

走了一会儿，天已经大亮，偶尔有香港的大货车呼啸而过。

火车开动以后，王研霞闭上眼睛想，自己是个不守信用的人。她曾经说过狠话，这一生都不回去。为此她在深圳平湖镇这家玩具厂待了十年。

睡了一路。期间做了梦，梦里的事很清晰，王研霞在梦里还提醒自己记住这些情景。醒来又全忘了。她认为自己是个爱忘事的人。

她是被对面床的眼睛盯醒的。一个留着八字胡的男人，脸上的肉有些松，垂下来，一双布满血丝的大眼睛也受了影响，显得凶恶，他在打量她。王研霞忍不住打了一个激灵。

她不喜欢这种相貌，一眼便可以看出对方的出处，无疑是矿上的。即使不再贫穷，可身上特有的那种气质已刻在脸上，包括长在肉里的煤渍。

　　王研霞看着眼前的陌生人和黑色的窗外，她有些后悔没有打电话通知家里接自己。

　　王研霞爬上火车，火车开了十二个小时，到了深圳，她是在平湖火车站下的车。那时她不知道怕。这一走就是十年，没有回去过。最后到了这家港资玩具厂做女工。二十七岁这一年，王研霞已经是一个成熟的女主管了，收入不低，待遇很好，有独立的宿舍，平时可以在房里做饭，不用排队洗澡，偶尔还能到香港去逛逛，买些化妆品、衣服。比起其他人，王研霞认为自己的命真是很好，没有经历跳槽、太多的加班，就到了这一步。当然，这与老总有关。谁都知道老总欣赏她，说她不仅做事认真，忧郁的样子也异常迷人。

　　连王研霞自己也没想到，第六年的时候，她竟然想家了。弟弟在信里说过，萍山变得特别美，街上再也不泥泞。她想那样的家。

　　走在宽阔的马路上，王研霞戴着耳机，脑子里浮现出一幅画面。父亲叼着一个棕色烟袋，坐在方形的竹椅上，样子憨厚。不远处是刚刚研过的墨，散着香气，一株栽在紫色花盆的君子兰在近处。地上走动的是母亲，系着一个浅绿色围裙，拿着淘米用的小瓢，把水均匀地洒在几个花盆里。而弟弟呢，则是对着一堆收录机、钟表零件冥想，一会儿动动大的，一会儿用放大镜看看那个小的，阳光透过窗户，先照在地上，再射到每个人的脸上或身上。

除了这些，王研霞还在惦记另一个人——杨影秋。记忆中，她站在走廊的尽头，等着王研霞去解决她的入团问题，眼神是那么恳切。那个中午，她在王研霞饭盒里放了一条黄花鱼，那可是好东西，只有到了过年的时候才能见到。她的喉咙湿润了。王研霞怀疑这是杨影秋母亲的主意。她母亲是煤矿子弟学校的校工。杨影秋有一个姐姐，成绩不好，尽管非常用功，可在王研霞的眼里，那种努力与真正的学习南辕北辙。姐姐总说去鲁迅美术学院读书，据说那个学校在沈阳。她经常过一阵子就回来，只是最后一次离开后，再也没有人见过她。

不知不觉，王研霞成了剩女。先后接触过几个男孩儿，都没有结果，原因都在她自己。她知道自己的心，内心里，她希望家乡那边有个男人把她拉回去，尽管那只是一个被城市包围的小小煤矿。当年她离家出走，只是赌气，并不是真的想离开，更没有在异乡安家的愿望，气早就消了，早该回去。可是，这些年，从来没人提过，包括弟弟，不断向她描绘家乡已经变得如何如何美了，偶尔，他还会代父母向她问好，似乎忘记王研霞家在萍山这件事。

很快王研霞闻到餐车传来的味道，她的肚子有些饿了，她拿出准备好的香肠和面包时，看见了对面铺上的一个人。

此人衣服干净，五官精致，手指细长，更主要是没有留胡子。这样的形象在火车上更是稀有。王研霞看见对方吃东西的时候，闭着嘴，鼓动的腮和微微努起的唇，像是韩国电视剧里大长今的丈夫，她觉得舒服，刚刚受到惊吓的心一下子踏实了。这是整个车厢里唯一让王研霞觉得顺眼的人。

显然对方也注意到了她。这时他的食物已经吃完，正从包里拿出保温杯和一小包铁观音，准备泡茶了。

尽管隔着两排，王研霞能感到对方也在看她。

她把脸看向窗外，看着外面的风景。路过一个小站时，火车没有停，只是慢下来。站台灯火通明，王研霞看见黄色的小房子门前趴着一条狗。一个穿着红色毛衣，头戴大盖帽的老年男人，站在离火车很近的地方。他的手里拿着一个榔头。

不知过去了多久，男人终于坐到了对面。两个人的左侧是呼啸而过的火车，随后又变成了一片漆黑。她在玻璃上看见许多旅客回到各自的铺上去了，也看见了他一侧的脸。

"过这边旅游吗？"对方帮王研霞倒了杯水，看了眼身后正向上爬铺的旅客说。

连声音都是自己喜欢的。王研霞惊喜地接过来，像是担心错过，她有些语无伦次。"是啊，这一带很美，我有十年没见到过这样的景色。"答完这一句，她吓了一跳，连她自己也不明白为什么要这么说。

"十年啊，"对方惊讶，"很小的时候来过吧，现在全变了，你应该好好看看。"

王研霞笑了，没说话。

男人停顿了一下，笑着说："相对于南方，萍山是另外一种面貌，包括人的精神。"王研霞惊了一下，怎么想到她从南方来。

过了会儿，王研霞听到会车声，她熟悉这声音。有两条运煤的铁轨。有时几个孩子会拉住车的把手，把自己吊在上面，随着火车一直到井口，或由井口出发，一直到固定的卸车地方才跳下。停下时随着一声闸门的巨响，萍山上空升起了蘑菇云。自己的父亲、哥哥、弟弟便有了活干，他们负责装卸。井下的活由附近的农村人包了。

男人说："如果冬天来，还可以看到这里的雪，伊琳那边的雪很美，小火车，冰爬犁，正宗的山蘑菇和纯朴好客的当地人。"他说的伊琳是个地名。

"下次要选冬天来。"王研霞答。

男人接着自己的话感慨："善良，民风纯正，为人厚道，不像沿海地区那样眼里只有钱和奢侈品。"

像是为了佐证自己的说法，也为了寻找话题，后面的时间里，他讲了两个小故事。有个田螺姑娘，每天趁年轻的农民到地里种地的时候，跑到家里为他洗衣做饭，然后再回到田里。另一个则是仙女到了萍山，看见景色和人都很优美，舍不得离开，变成珍珠留在了湖里，所以这里的湖水特别美丽。这两个故事，王研霞小的时候听过，只是谁也没有他讲得这么好。他把一切都涂上了色彩。有那么几秒钟，王研霞相信这些都是真的。

像是担心什么，男人的话题跳跃很大。"这里的人追求的不是钱和高楼大厦，而是知识，比如我的母校。"男人突然把话题转到了这里。

"那是一个四面环山的地方，真正的世外桃源。"也许是王研霞眼里有发亮的东西，他显得有些激动，"二中，是我的母校，每年，我都会找一天时间，开车去看看。当年上学可是很辛苦，坐6路车，再倒11路，下了车还要走上十分钟。中间经过花鸟鱼市，许多老人悠闲地走在街上。男生女生，背着书包，也这么走着。想想那是一幅多么美好的画面啊。尽管那些上学孩子的父母不能像现在这样，用小车接送。现在的孩子衣食无忧，什么都不缺，可是那种在蓝天白云下行走的画面没有了。"

6路车，11路车，这个路线图在她梦里也能背出来。眼前的男人竟是自己的校友。

眼前出现一片光亮，是会车时间，她看见了对面车厢里的人。他们对着王研霞比画，高声叫喊，这面的旅客也沉不住气了，向对方挤眉弄眼。王研霞看见眼前的男人依旧安静，像是陷入了回忆。

很快，窗外又变成黑暗。

"我真是怀念那种夕阳西下，我们放学回家的情景。"男人感叹。

"是个不错的地方。"王研霞干巴巴地答，心已经乱跳，自己都觉出了脸部的生动，脑子出现了学校被山水包围的画面，一群十四五岁的孩子迎着太阳走在大路上。在后面的聊天中，那所普通的学校，被他描绘得像梦境。当年，王研霞的成绩好，有过不少人追求，包括高年级的，看着这个男人，王研霞的心里生出了温柔和感伤。

王研霞重新把脸对向了窗外，一双腿轻微地抖动，甚至连牙齿也在抖。她开始变得沉默，甚至是冷漠。

"是不是冷了？"男人好像也感觉到了，他说，"我那里还有条毛毯。"

"不用不用。"王研霞客气地笑了下，回到床位上，重新躺下，身体像是一块铁，不再动。她想不起当年的勇气从哪里来，如此残酷地对待父母兄弟，离开这片美好的土地，包括差一点儿就错过眼前这样的同龄人，自己真是太无情了。

她喜欢这种礼貌、干净、节制的男人。两个人是站起来等下车的时候，互留的电话。像是心虚，她不敢问对方的名字。

"有人接吗，要不要送？"对方问。

王研霞说："有车来接。"这时，她明白，必须得说了，否则便来不及。"快回吧，老婆孩子一定等急了。"她装出轻松。

听了这话，正向前走的男人停下脚步，定定地看着王研霞的脸说："是啊，真希望早一天有呢。"最后男人用低沉的声音对着她说："安排好，就给我电话。"她觉得像是命令。

王研霞的心快要跳出来，她全身发抖，脸扭向了窗外，不敢再开口，她担心声音会把她出卖了。像是与谁赌气般，她用力把行李拖下车，急走了起来。在候车室绕了一圈，才离开男人的视线。她扶住路边的椅背，向后看了看，放下心。

她喜欢这男人，梦想的也是这样的男人。她知道，这男人也喜欢自己。可是她撒了谎，说是过来旅游，她只能在今后的交往中解释了。她想给他留下不随便的形象。她可不想跟谁一夜情，那会毁掉一切。正因为如此，她更要快点到家，让他们分享这一切，同时需要商量，接下去怎么办。这可是家人的义务，他们赖不掉。想到这里，她快乐得有些晕眩。

不知走了多久，马路开始变窄。

房子像是水里的倒影，全部变了形，仿佛正在摇动，四周是煤和灰烬。王研霞明白到了，她重新走回到熟悉的街上。

街上已经有人走动，是出来倒垃圾的老年妇女。她们的衣服陈旧，一张脸涂着灰色，头发遮住了眼睛，梦游般，彼此连招呼也不打。

远处走来的是两个穿露脐装，染黄发的女孩，像是刚从网吧或歌舞厅回来，打着哈欠，有个嘴上叼着烟，走路摇摇晃晃，好像随时会摔倒，显然太困了。

整条街上没有人注意王研霞。

尽管家家的门都很像，她还是很快找到了自己那一间。透过门缝，王研霞先是看见一个戴着白帽子的瘦高女人，在厨房和院子间走动，嘴唇不停在动，好像在咒骂什么。很快，她发现外面跟平时不同。随后，女人放慢了步子，接下来，她站住脚，伸长脖子说话，她好像在告诉里面，外面有情况。

本来想喊一句妈，却没有叫出声，王研霞只轻轻叫了声"开门"。一阵寂静过后，她听见穿衣服和东西掉在地上的声音。

母亲的眼睛从王研霞的头发一直看到鞋，然后笑着说:"饿了吧。等会儿就给你煮饭。"父亲还是原来的样子,穿了一条秋裤,连前面的扣子都不懂得系,裤管弯曲着,使他像有罗圈腿。他站起来,又站得不直,似乎想摆出训人的架势,那是他的习惯动作。只是很快,他便想起了什么,胡须动了动,鼓起的腮很快瘪了回去。

母亲拉过王研霞,背对着父亲说·"怎么不想着买酒呢?"她的嘴向一个空酒瓶努着。"起码的礼貌还是应该有吧,尽管不是亲生的,可是他辛苦把你养大,你上学就花了他不少钱。"王研霞是买了酒的,只是刚刚在跑的时候,撞烂了。从车站出来,经过广场,那里有和当年一样的疯子、乞丐,他们不停地奔走或突然蹲下。那些眼神和微笑很吓人。王研霞尽量避开,她顺着马路向西,跑上天桥,从左侧下来,拐上一条小路,才不用跑了。

本来她可以走一条近路,可她不想这么做,她害怕那围墙的豁口修复了。

王研霞抖动着手里的袋子,尴尬地笑了。那里还散发着酒的香气。

王研霞不敢去看父亲。当年他骂过王研霞,不做事,只会用家里的钱,天生是个卖身的货。

弟弟手忙脚乱了一阵才出来。他长高了很多，额头早已超过了碗柜。当年，他总是踮起脚去那里找寻食物。此刻他的上唇发着青光，眼皮低垂。最后亮相的是一个肥胖的女孩，她从小屋的门里挤出来，对着王研霞笑了下，眼睛又去看弟弟了。弟弟对着地面说了句："走吧。"显然是说给这胖女孩听的。

女的扭捏着出了门，跨出门的前一刻，回头向王研霞笑了，王研霞看见这女孩的牙很白。

她笑着对弟弟说："是女朋友吧？"

没有人接王研霞的话。

显然谁都没有想到王研霞会突然回来，尤其是弟弟。他显得比任何人都不自在。过去，他在一封封信里描述萍山和这个家。萍山矿已经变得现代，街道干净，绿化好。说到家的时候，他说，父母再也不吵了，与邻居和睦相处，他经常到就近的一所大学里听课，或是约朋友打球。

看见这样的信，王研霞便会放下手里的事，到商场为弟弟买一身运动服。除了这些，这几年，王研霞开始向家里寄钱，有时两个月一次，有时一个月。除了钱，王研霞还会买些港台式样的衣服给他，王研霞努力想象家里的变化，弟弟穿了新衣服的模样。

此刻，弟弟把眼皮上的一缕头发提到后面，眼里露出了一丝恼怒。他的眼白多了些。小时候，王研霞曾经背过他，雨天的时候，街上总有许多沟沟渠渠，一不留神就会陷进泥里。

王研霞出走的那一晚，弟弟还小，看着母亲骂王研霞自私，不懂事，眼里只有自己。那时候的萍山煤矿，已经有小萍，小波，小萍们退了学，跑去歌舞厅赚男人的小费了。

父亲问过她："你不就是想学她们吗？"哥哥犹豫着要不要去鸡东煤矿，那里有个得了抚恤金的寡妇想招他入赘。

王研霞在班里的学习成绩最好，连历史老师都说，这是百年一遇的好苗子。她觉得父亲的话让她受到了污辱。"放心吧，我不会像其他人那样，一定会考上大学。"

"谁信。"父亲撇着嘴。

"我真的不会。"王研霞以为父亲只是想把厢房让出来给哥哥，平时她占了那里复习功课。他们希望哥哥早一点娶上媳妇，算命的说过，二十岁还没有结婚，哥哥会打一辈子光棍。王研霞父母都是矿上的，哥哥是，弟弟是，矿上人个个知道自己的命。

"口气这么大，是不是有男人在后面撑腰了？"王研霞不知道那时父亲正在气头上。他不愿意哥哥找寡妇，尽管对方答应不用哥哥花一分钱。父亲不愿意，他认为那样做很没面子。

王研霞站在房子中间，说："我不是，永远都不会做那种事，除非让我死。"

父亲愣了下，接下来，他夺过了母亲手里的煤铲，在王研霞的额头留下了纪念。那是十年前，王研霞十七岁。王研霞就是那个晚上离开了家。

她一直不明白，父亲为什么不喜欢这样的表白，她一直为想出这样的话而激动。

此刻，王研霞看出了弟弟的恼怒，如同魔术戏法被揭穿。那件她亲手买的蓝T恤正歪挂在门的把手上，另一件则穿在了父亲身上，早已变了形，肩膀处破了一个洞。王研霞还记得弟弟在信里的惊喜，那是一个名牌。

弟弟显出了气急败坏，用鼻子哼了下，算是跟王研霞打招呼，然后，拿起一个盆子，从水龙头里接了点水，走到院子，去洗脸了。他把水弄得哗哗响。

王研霞的身子发着冷，她似乎闯进了别人的领土。为什么之前都忘了，直到见了这一刻，才全部想起，原来一切都没变。包括候车室里冒着寒光的长椅和上面疲倦的旅客，连面孔都似曾相识。门口是留言板，各种纸条在风中飘动，甚至连上面的话都没有变。

老亨，我在原地等你。

兄弟，你的货已交给他们。

当年，王研霞经常顺着近路，爬过围墙，再走十分钟到这里玩，看到也偷偷截留过。她觉得那些东西很神秘。她一遍遍想过，那些失去了纸条的人，站在风中，不知去哪儿的情景。那些年，她跑到车站，是为逃开家里的吵闹和没完没了的钉扣子。一件衣服两分钱，她的手磨出了水泡。

见到母亲灰着脸站在米柜边上，眼睛看着父亲，准备下米煮饭了。王研霞笑着摆了下手，说："过来办事，路过，就是回来看看，外边还有同事等着呢。"

王研霞几乎是逃出了门，她跑到街上，被一粒粒小石子硌痛了脚。路上看见有人笑，她吓了一跳。竟然是那个哑巴，她认出了王研霞。

　　她后悔自己回了一个笑。哑巴在她的身后哇哇大叫。十年没有见过，她一定是想跟王研霞说话。这时她想起袋子里为父母兄弟准备的礼物还有红包，都没来得及拿出来。

　　在街上走了近一个小时，王研霞决定联系杨影秋。早在半年前，她就找到了电话。

　　当年杨影秋是个不起眼的女生，坐在第一排，上课喜欢照镜子，偷着抹粉，很少学习。电话一下子便通了。对方喂了两声，王研霞停下了，正想着该不该说话，眼泪竟先流了出来。她恨自己的不争气。

　　当年王研霞做班干部，很多人她都看不起，尤其那些学习不好，喜欢打扮的女孩子，她觉得这些人没有出息，长大后，除了找男人，还是找男人，没有前途。尽管父母非常宠爱这些女孩们，无论多么穷的家，也要让她们吃好穿好。不知为什么，杨影秋突然不愿吃好穿好和打扮了，她想入团，样子迫切。因为两家住的近，她来找过王研霞几次，请她帮忙，还保证说，入了团就好好学习，不会让王研霞丢脸。王研霞听了，觉得好笑，心里说，平时你怎么不好好学呢。她不想搭理，觉得这女孩脏，不正经，又有个被人嘲笑的姐姐。那个姐姐总是说要读书，读书，最后，还是走了那条路。王研霞心里嘲笑，嘴上却说："你等着吧。"

"好啊。"杨影秋欢快地答着，跑回了教室。这么多年，王研霞都记得这一句话。

本想两个人的见面可以从容些，但她不知道接下来该去哪里。她不想站在大街上。在她的记忆里，杨影秋任何时候都在等着她。

"我是王研霞。"她对着电话说。

对方听完王研霞的名字，马上叫起来："你不是回来了吧？"

"回来几天了。"王研霞故作平静。

"怎么不早告诉我呢？"她像是忘记了当年的事情，离开萍山后王研霞和任何人都没有联系。

王研霞说："我也是出差。"

"噢噢。"对方有些不好意思，"你现在在哪儿，我去找你吧，你也可以来我这儿住，我一直都住在外面。"外面指的就是煤矿以外的市区。

王研霞想了想说："你说个地方吧，在那儿接头。"

"行，听你的。"那边的杨影秋欢快地答道。

王研霞提前了一个小时到萍山百货门前，为了不让对方发现自己早到，她跑进商场转了一圈。王研霞很熟悉这里，这是萍山第一个有电梯的地方。有时候饿了，她还会去买个面包。王研霞太喜欢这儿了。她不愿意看见除了煤还是煤的地方。如果考不上大学，她的理想就是到这种地方上班，干净，体面，名声好。

那个时候，王研霞会经过每个柜台，打量着那些女孩。她羡慕这些人的工作，还有她们的容貌。她记得有个姓李的女孩，生得漂亮，人们都叫她李美丽。每天都有男人排队来约她，可是她谁也不理，一副高傲的样子。

现在都老了。那时候，王研霞站在柜台边上，看这些漂亮的女孩说话，做事。现在的她们再也不像过去那样爱打扮了，有的甚至还落了牙，脸和牙都是黄黄的。当年的李美丽有了双下巴，这一刻，正跟一个送快递的小伙子打情骂俏。

出来的时候，王研霞看见了一辆跑车和正准备打电话的杨影秋。

杨影秋像是换了个人，白了，漂亮了，连身材也苗条许多，不再是那个傻乎乎的女孩。

看见王研霞，她显得开心，远远地就在笑。走到近前时，她把王研霞的行李放在车上。似乎忘记了王研霞当年的傲慢和嘲笑，她用一双细腻的手拉住王研霞这双做过女工的手，看了眼，没说什么。

"想吃家乡菜吗，或者俄罗斯大餐？"杨影秋一边开车一边说。

吃过饭，王研霞被带到了一个 K 房里，里面到处都是年轻的女孩，她们坐在四周的沙发里。她猜到这是杨影秋工作的地方，她不说，王研霞也不问。巨幅油画下面坐着几个男人，看起来有些身份。杨影秋跟他们说了几句话便跑过来跟王研霞坐在一起。

王研霞不知道应该说什么，其实她们当年也很少交流，放学回家的时候，她都要躲着杨影秋。她不喜欢这种脏女孩。杨影秋没有问王研霞做什么工作之类，甚至连深圳这个名都没有提，只是说南方很热吧，正如没有人问起杨影秋的姐姐。

王研霞说："是啊，一年四季看不到雪。"

杨影秋笑了笑，没有说话。

王研霞被一个肥肥的男人请起来跳舞，杨影秋远远地看着王研霞笑。跳到一半的时候，她发现杨影秋不见了。对方去了隔壁房间。杨影秋从隔壁房间回来时，换了身绿色的裙子，她向王研霞介绍身边的男人说，他是外面的。男人很高兴，喝了一口红酒说："原来是同学啊。嗯，长得也很像，一样漂亮，怪不得萍山名声在外呢。"这人不怀好意地笑了。紧接着，他顿了下说："刚刚她求我拆迁你们那片房子，还说早拆早好，当然，拆不拆，就我一句话。"

"是啊，你是个大善人，行行好吧。"杨影秋跟男人撒着娇。

男人突然变得一脸正色："可是，我在想，为什么要拆呢。放在那儿有什么不好，萍山就应该是那个样，我这个人喜欢怀旧，放在那吧，给我们忆苦思甜。"说完，男人眨了眨眼，意味深长地说："你们那儿不缺钱，我知道。"

出门前，王研霞对杨影秋说："结婚还是要谨慎些，我看他只会捉弄人。"

"放心，人家不会跟我们矿上的女孩结婚，再说，我只要这个，其他都是假的。"她做了一个钞票的手势。

王研霞看着对方的眼睛，沉默了片刻，想换个话题，说："可惜没看到雪，真想啊，那边没有冬天。"她发现自己声音里竟然有乞求，她似乎盼着有人说句挽留的话。

杨影秋说："有什么好看的，化了就是一堆黑垃圾，还不如我们矿上的煤干净。"

"当年家里给过我机会，是我不争气，想好好学习已经来不及了，我还以为入团也是种证明。不过，现在很好，父亲再也不用卸煤，做起了小买卖，有时间还能打打牌，两个弟弟都讨上了老婆。我不难过，无非是唱唱歌跳跳舞喝点儿酒，遇上合眼的再顺便谈个爱。想想看，什么损失也没有，你看，萍山百货那些不甘心的女孩，不也老了，不甘心又能怎样？"

最后，她看了眼王研霞道："劝孩子退学，父母没办法说出口。其实不需要劝和暗示，我什么都懂。"

在路上跑了一个小时，看到电力招待所的时候，她发现自己的脚已经软了。

王研霞把手机上所有的号都看过一遍，最后，停在了"火车男人"四个字上。

开好房她才打的电话，又在前台买了瓶白酒并让服务员打开。还没进到门口，王研霞便喝了几口，身子迅速躁动了。她取掉了身上多余的衣服。

不知道过了多久，王研霞以为自己在做梦，听到了敲门声。

"哪位？"王研霞穿好衣服把脸贴住了门。

是那人急切的声音："是我。"

看见王研霞连看他的眼神也变了，对方显得有些不自在。

王研霞给男人也倒了一大杯，连自己也没有想到，她竟然坐到对方腿上，男人身子一颤，他不知道之前发生了什么。

也许是紧张的缘故，男人的声音变了："你都好吗？"

王研霞把脸对着男人，笑道："你真应该做这里的形象大使。"

"呵，这里的好，我连十分之一都没有说到。"男人正努力保持镇定。

"是吗，这里的女孩呢，听说很孝顺也很有名气。"王研霞说。

"当然。"男人似乎有些警惕，只是很快便装出轻松，"其实我也喜欢你这种南方女孩。"

又过了一会儿，王研霞感到男人的脸贴过来，她被那种好闻的体香熏得晕头转向。

"真有那么好吗？"王研霞说。

"是啊，可惜你也会离开，对我来说，简直像是天边。"男人说。

"画上的田螺姑娘么？"王研霞笑着问，"她不是留在这个地方了吗？"她摸到了男人的身体。

"如果你在这里有多好呵。"或许酒精开始起了作用，男人的身体有了变化，开始解王研霞的扣子。

她迎着他："你愿意留我吗？"

"真想留，可惜我没这样的魅力，你也不会为我放弃那些好地方。"

"你不是说萍山好吗，你信不信，我是萍山的。"她不愿再骗，想给对方一个惊喜。

男人看了她一眼，说："你真会开玩笑。"

"如果是呢？"王研霞觉得自己正发生变化，甚至是焦虑。

"哈，那我就是外星人了。"男人笑着。

王研霞说："楼下是爱民路，左边有条江，天桥那边有个菜市场。"

男人笑着："你知道的不少。是不是还知道这个城市北边有座山，东边是个车站，西边准备建一个汽车城，南边将开发成国际旅游景区，你还打算去哪，我可是个好导游。"

好像酒精在胃里烧着了，王研霞变得亢奋："有没有旅游区我不知道，十年前那个地方叫光明市场，烧饼很好吃，不过我很少吃得到，因为我离开太早。多数时候，我只能吃玉米和白面掺在一块做的馒头。当年，我用父亲的自行车，可以拉回四十斤粮食你信吗。车站后面是售煤处，我的父母都在那里向火车上装运煤。走过一架铁架桥，再往前走，坐6路，再倒11路，下了车还要走十分钟是七中，并不是你说的二中，中间经过的根本不是花鸟市场，而是一个火葬场，然后才到这个城市里最差的学校。在这所子弟学校，打架早恋天天发生，任何时候都没有出现过你说的每年都有人考上清华北大，倒是有几个初中生，勾结流氓团伙，十一年前害死了物理老师……这个学校，没有几个是读完的。考上大学有什么用，花着家里的钱，结果还是找不到工作。再回到矿上时，他们会看不起家里，还有的，到了外面，永远不再回来。这些教训，萍山人哪家不知道。与其他地方不同，家家盼着生女儿，盼着女儿大，她们是家里的希望。"

王研霞看见男人的脸色变成了灰色，她似乎发现自己出了问题，紧张地问："我是不是讲错了？"

"没错，你的记性确实好。"男人声音短促，慌乱，一只手移到了下面，摸索着扣子，另一只手拎起了被子上面的皮衣。

男人走向门口的时候，王研霞已经绝望，她仰着一张脸，喝掉最后一点酒，对着男人的方向说："快点回，记得带我看风景，你说过这里的美哪也比不上。"

男人飞快地跑掉了。王研霞明白，男人将带着一身冷汗，一路小跑，逃离她这个道破真相的女人。她不明白，自己为何流着泪还要调侃他。其实她明白，男人用心良苦，担心她失望才编出那些美丽的往事。

王研霞走到窗前，看见男人站在马路的对面，如同失了魂一样，正茫然地望向这栋大楼。她觉得此人是小煤矿的文艺青年，在某个瞬间，出现幻觉，飞了起来，逃离了煤矿，跟写信时的弟弟一样，令人心酸、心痛。

再次回到候车室，王研霞随着人流经过漫长的天桥，走进车厢。这距离她踏入萍山车站的时间已过去了七个小时。

十年前，自己擅自离家。此行，算是正式告别。

回到深圳宿舍的时候，门外多了两棵圣诞树，这是厂里做的。除了树，还有各种玩具，都将被装上货柜车，通过罗湖口岸，去香港，再运到欧洲。

似乎没人知道王研霞回了一趟家，门口的保安还像平时那样打招呼。王研霞笑着点头，说："天冷了，多穿些呵。"进了门，王研霞便打开电脑给弟弟写信，语气跟过去一样，她说自己这两天睡得很沉，还做了一场梦，梦里见到了家乡的雪。

做完这些，她的身体开始暖和起来。

「华 强 北」

十年前，揭西人差不多都迁出来做生意了，华强北是他们的主战场。与生来命好的本地佬不同，他们起居简单，楼下开店，二楼阁子里住着一家几口，直到后来，才陆续搬进市场两侧的楼房里。

欧阳雪既不是揭西人，也不是广东人，只是随着老公陈家好到了这里居住，一住便是十几年。街上还不怎么繁华的时候，欧阳雪就认识陈水一家了，可以说，她是看着陈水老婆从一个枯干女孩变成肥胖女人的，并且牢牢记住了陈水老婆的各种样子。

变成肥胖女人期间，小街外面起了很多高楼大厦，把原来的这条小街包裹在最里面，外人很难看到。尽管外面变化天翻地覆，里面过得倒还安稳，家家户户尽情享受着城中村的各种便利。

"人家有名字。"陈家好听欧阳雪这么称呼人家的时候，会提醒一句。他不满意欧阳雪总是陈水老婆陈水老婆地叫。他认为，在华强北，欧阳雪受尊敬的程度远远高过其他人，也包括高过自己。他们老师老师地叫着欧阳雪，何等荣誉啊。有了难事，上门向欧阳雪请教，问的不仅是孩子教育、升学考试之类，还包括家庭内部各种大事小情。欧阳雪嘴上不说，心里很是享受，所有这些都让小户出身的陈家好脸上有光。虽然个别时候，他认为欧阳雪被华强北人惯得自以为是。好听了说是认真，难听点儿说是好为人师，总想教育人影响人。只有他明白自己的老乡不是那么好改造的。

欧阳雪没等到陈家好说话，便显出敌意："这么叫她最合适。"说完，她显出了挑衅的神情。

欧阳雪原来也住在华强北，只是半年前，她打发了租客，把家搬到了松坪山的保障房里。为这次搬迁，她和丈夫陈家好冷战大半年，陈家好不满地说："你不是说管理费交得少，菜和生活用品比哪都便宜，连路都不用走，打个电话，就有人给你带回来，不用去闻市场的味道吗？"他们楼下便住着一个卖肉的。

欧阳雪不解释，发出通牒，说如果不搬，就给女儿转学。

陈家好急了，学校可是大事，处理不好，安定团结的生活都将被打破。

平时欧阳雪喜欢使使小性子，表面上逞能，偶尔发发牢骚，内心里还是很善良。几年前，她所在的中专不开美术课了，她没事可干，人又沉不住气，转到了文化馆。只是上班没几天，她便后悔了，不仅工资少了许多，主要是她想学校了。闭上眼，她就能想起那些学生。

欧阳雪大动干戈，陈家好不明其意，也不敢再问。之前吵架，欧阳雪不会把话说得这么狠，比如，如果不搬，便各过各的。

陈家好想了几天，看还是没转机，只好投降了。他用一个地方住太久，需要换换，安慰自己。可他心里愤愤不平，他觉得失去的不仅仅是麻友，还有生活习惯。平时，陈家好的老乡陈水每个周末都约他打几圈。他在老婆欧阳雪的冷脸子中半推半就跟着去了。半夜的时候，蹑手蹑脚开门，进客厅，再到洗手间轻轻洗漱。想到宵夜时进到胃里的那些牛肉，他便忍不住哼起了小曲，浑身透着舒服。所有这些，都将随着搬家而消失，毕竟要去的地方，人生地不熟。每天早晨他一睁眼，就心烦，想要再睡回去。在他心里，什么地方也不如华强北舒服。

陈家好和欧阳雪是大学同学，尽管不在同个系，但彼此很有好感。陈家好是广东人，老家在偏远的粤东。直到毕业两人才确定关系，并采取了折中的方法，一块到了深圳。陈家好进了事业单位，做起了朝九晚五的小职员，欧阳雪则当了老师。陈家好以前没有认真打量过老婆。平时欧阳雪要说什么，做什么，他闭着眼睛也知道，根本不用琢磨，也没花太多心思。每天吃得好，睡得香，除了股票，其他事一律不关心。现在，陈家好发现欧阳雪不仅老了，连代表浪漫的刘海也没了。过去，欧阳雪为了与华强北人以示区别，黄昏的时候，别人在过道玩麻将或是聚在一起说家常，她会穿上修身的长裙，把头发搞成舞蹈演员通常梳的那种发髻，或者把两鬓的头发垂下两缕，后面梳成一条麻花辫出门。

有人问："老师这么晚了还出去呀？"

"看话剧。"或者答，"去何香凝美术馆。"

这么一来，问的人便不好再接话。欧阳雪心里笑，不懂了吧，傻了，没文化吧，她猜这些人这辈子也未必看过话剧，何香凝这三个字怎么写都不知道。不过，她相信在自己的影响和渗透下，华强北人迟早会与过去的低级趣味告别。作为老师，她有这个义务。

在左右两侧的注目下，她挺直了身子，昂着头，出了华强北。

站在华强北之外的大街上，她突然很迷茫，不知道接下来怎么办。她并没有去什么剧院，或者画院，她太久没有进过剧院了，除了票价太贵，也没有伴。至于美术馆在什么地方，她更是不知。

再后来，情况发生了变化，街上的人有事没事会就欧阳雪的服饰说几句。

"陈家好，你老婆是少数民族吧，这下你好喽，还可以多生几个啊。"老乡们站在两边的铺子里跟他说话。

"是啊，真想多几个人喊我爹呢。"陈家好嬉笑着说。

陈家好通常不用停下脚，他继续向前走，或是跟铺子里的人搭两句。有时会停下脚接过递过来的烟，点着火，再接着走。一条街都是熟人，每天下班总有人和他搭话。

"陈家好，你老婆的腿怎么了，是不是O型呀，一天到晚不穿短裤，这么热的天。"听到这些话，陈家好也不知道怎么答，只好笑笑，或是跟老乡挤下眼睛，暗示对方别说了，欧阳雪在后边呢。

欧阳雪当然听到了，她快气死了，自己精心打扮的文艺范儿，被这帮小商小贩说成什么了。本是想让他们明白，睡衣短裤拖鞋只能在室内穿，什么是波希米亚什么是学院派的。

想到他们本来就不是城里人，她便有些同情他们了，觉得这些人可怜，这么大了，还什么世面也没见过呢，尽管她从心里不喜欢他们那口家乡话，脚上的人字拖，背心短裤那副随便样。平时坐在电梯里，看见他们大声喧哗，她会侧过脸，表现出不屑，旨在教育这些人，什么是公共场所应有的礼貌。

她用余光瞥了下那个一身名牌拎着 LV 的女人，心想，你怎么不把人民币贴在脸上呢。她的眼睛不看别人，只对住了电梯门。谁知，门一开，上来一个更俗的，过时的蓝眼线，搭配着黄头发。欧阳雪皱了下眉。她没有掩饰眼里的不屑，跨过电梯里的一摊水，冲出门，那是谁家孩子憋不住，索性尿在了这里。有时一个年轻的母亲可以领着两三个孩子，脸上洋溢着幸福，宛若一个将军。所有这一切，都让她心烦，怒其不争。尽管如此，她还没有强烈的搬家念头，直到后面发生了一些事。

三月份的时候，她在新开通的地铁上，接到了魏建飞的电话。当年，家境并不好的魏建飞资助了两个贫困生，让欧阳雪对他生出了情愫，暗恋上已有未婚妻的魏建飞。那时候，魏建飞无论做什么，她都喜欢。尤其是魏建飞不畏权势，给领导提意见，提出不要占用学生资源搞培训这件事，让她心头一震，她觉得魏建飞真是个男人，了不起。她反思自己，感到了羞愧。魏建飞离开学校前，欧阳雪给他写了一封信。虽然没写名字，却暗示了自己是谁。然而一直没等到对方消息。到了深圳那一年，她打听到魏建飞的联系方式，给他寄去了一件风衣和六百块钱。她听说魏建飞的情况非常不好。之后，她开始准备结婚的事，她不想给自己机会了。

欧阳雪没想到魏建飞也到了深圳，还进到教育部门，当上了领导，分管她原来那所学校。魏建飞在电话里说，自己报到了，人生地不熟，到时还得向欧阳雪请教呢。

欧阳雪语无伦次："好啊好啊，放心吧。"放下电话，她在脑子里想着，应该带他去哪里呢。深南大道么，那里建得比电影里的欧洲还气派。可是，再美再壮观，好像都和她无关。根据魏建飞的性格，还可以考虑白石洲。低矮破旧的房子，和内地的小县城一样，只是这里又不太像深圳。想了半天，觉得都不合适。作为老深圳，怎样向他介绍这座城市呢。天价楼房，正在开发的前海、比香港还要贵的生活用品……不然就说说自己。说自己在这个物欲横流的城市里，心还没有变，当年的坚持都还在。想到这儿，她的眼睛有些热，心里生出了委屈。因为魏建飞在那里比着，欧阳雪一直看不上自己的生活。这么多年，只要想起魏建飞不向世俗低头的样子，欧阳雪就会恨自己虚度了光阴。

欧阳雪一整天都晕晕的，到了家里也掩饰不住，做饭吃饭也想唱歌。她突然觉得很幸福，在深圳也不那么孤单了，哪怕整个华强北都不懂她，也无所谓。夜深人静的时候，她突然发现自己没有忘记这份感情。

魏建飞到深圳的事，她并没有跟陈家好提，虽然魏建飞没做过陈家好的辅导员，可按辈分，算是老师。当年欧阳雪喜欢魏建飞的事，陈家好未必不知。说多了怕麻烦，所以也就不提了。这么一来，欧阳雪就后悔太早离开教育系统，不然，两个人离得会更近些，有许多东西可以交流。

没想到，魏建飞到了大半年也没找欧阳雪，好像他已经不需要欧阳雪教他什么了。直到听说魏建飞住院，事情才有了转机。

欧阳雪决定让陈水老婆陪自己去，一是陈水家刚买了汽车，魏建飞住院的地方在广州。第二个原因，是陈水老婆对欧阳雪很崇拜，欧阳雪想让这个没见过世面的女人看看，她这个层次的人怎么谈话，谈什么，她有炫耀的意思。

见面后，魏建飞显得很亲切，又回到当年一样。欧阳雪特意带了几本书过来。魏建飞见了，很高兴，说："太好了，很久没读书，面目可憎了。"欧阳雪听了，心里舒服，娇嗔道："嗯，差一点儿就可憎了。"她觉得魏建飞一定能听得出她的意思。

这一刻，她觉得魏建飞的样子没变，还是那么潇洒。

因为不能走动，魏建飞拿了一个山竹放到欧阳雪手上，又叫欧阳雪把果盘端过去，拿给陈水老婆吃，说洗过了。陈水老婆听了，主动站起来，慌里慌张，走上前，挑了最小的一个，攥在手里，便坐回远处了。欧阳雪只好再互相介绍一次。尽管认识了，陈水老婆还是插不上话，连应付的笑都接的不是地方。看见这个情景，欧阳雪心里很是得意。

她和陈水老婆并排坐着。对着灯光下魏建飞闪闪发光的镜片，欧阳雪微笑，不再说什么话，觉得魏建飞把她当成自己人了。她看了眼陈水老婆，因为太紧张，陈水老婆手里的水果已经被捏变了形，渗出的紫色果汁，染到了手上。

回来的路上，欧阳雪突然感到之前的生活太粗糙了。狭窄的房子里堆的除了生活用品，什么都不能放，那些出差带回的小玩意儿只能堆在床下，她梦想的书房用一个小书架就打发了，其他事情更不要提。

到了第二次去看魏建飞，还是陈水老婆开车。这次欧阳雪带了两张话剧票，是台湾导演赖声川的作品，地点在南山海岸城。半个月以后才演。她算好了，那时魏建飞已经出院了。

也许是家属来了的缘故，这一次，魏建飞话不多。虽然也能走动，但一直坐在床上。医生来查房的时候，她们便告辞出来了。

刚回到车上，陈水老婆就说要去趟洗手间，让欧阳雪等一下，说完便下了车。

过了一会儿，欧阳雪看陈水老婆还没出来，便也想方便一下，回到深圳还要一个多小时。想不到，刚拐进走廊，就见到魏建飞和陈水老婆有说有笑从病房出来。

欧阳雪吓了一跳，赶紧退回来，跑到车上。

很快陈水老婆也上了车。欧阳雪以为她会解释几句，结果她只是对欧阳雪笑了笑，什么也没说。

欧阳雪不敢相信会变成这样，更无法想象魏建飞看上陈水老婆。可她清楚看见了这一幕。魏建飞脸上的笑容他还记得，陈水老婆完全变了个人，样子非常妖媚。

事情过去了一段时间，魏建飞也早已经出院。欧阳雪主动约了魏建飞，原因是技校和中专合并了，重新开了美术课，开始在网上招聘，她还是想回去教书，希望魏建飞出面跟学校打个招呼。

她在外面等了二十分钟，才得以进去。见魏建飞办公室有些凌乱，地上还有打包用的塑料绳，欧阳雪一颗吊着的心，放下来，笑着说："今天刚好有时间，我帮你整理吧。"

魏建飞站了起来，搓着手说："不用不用，哪好让客人做事。"

欧阳雪留意到对方有些脸红，很高兴，觉得**魏建飞**还有书生气。她打量这间宽敞的办公室，目光落到了台面上。她先是拨开桌上的一小块地方，随后，从包里掏出一个端砚，摆上去。她退了两步，声音对着**魏建飞**，说："去重庆旅游带回来的，买的时候，还不知道你会来，好了，这下派上了用场。"

魏建飞变得紧张起来，他绕到桌子前，弯身拿起欧阳雪的礼物，说不用客气，自己有。欧阳雪不肯退让，说："就是送给你的，难道我还要拿回去吗？"

对方停在原地，显得有些为难。想了下，突然转身从柜子里拿出另一个砚台，说："这个更好，是黄山产的，留作纪念。"

纪念什么呢，他和她跟黄山一点关系都没有。再坐下来的时候，两个人都沉默了。又过了一会儿，欧阳雪想着既然来了，索性就提出想回学校的事。

魏建飞说："你现在挺好的嘛，搞艺术很神圣，真是羡慕你，我什么时候才能像你这样自由自在啊！"

欧阳雪听了，对**魏建飞**笑了笑，不知道接下来怎么办。这时，她突然想起了陈水老婆，说："您身体现在没事了吧？"没等魏建飞说话，欧阳雪又提示一句："上次一起去医院的那个女人，还记得吗？"

魏建飞并没有接欧阳雪的话，只是看了看墙上的时钟，显出了不耐烦。

外面的太阳很大，把欧阳雪烤得快要化掉了。她捧着沉甸甸的这个礼物，停在了巨大的玻璃门前。她看见了涂了粉，画了眼影的自己，难受了。她确信了自己的猜测，陈水老婆勾上了魏建飞。如果不是，为什么两个人都闭口不提。

她有什么好呢，不就是一个没见过世面，俗不可耐，遇见读书人就紧张的小贩吗？欧阳雪想起陈水老婆手上那紫色的果汁。

面子和希望都没了，她恨死了陈水老婆和华强北。

勒杜鹃开得正当时，春天一到，便急不可待钻进了华强北各家的阳台上。被这些花引来的鸟，躲进旧空调的缝隙里安了家。每个早晨叽叽喳喳叫的时候，各家已收拾停当，卷起门帘，准备迎客了。

陈水一家做的是小生意，店里面挂着从东莞太平一带批发回来的衣服和裤子，门前摊放着内衣和各种袜子，还有些中小学生或打工妹用的小镜子、小梳子、发夹之类，不远处的冰柜里放有饮料和雪条。左右几家小店分别经营文具、日用品、小五金，最大那个铺头，有两口锅，煮的是牛肉河粉。

两家本来友好，有陈家好和陈水做过小学同学这一条，便很亲了。何况刚搬来的时候，常常聚在一起搭伙做饭。陈水老婆鱼头煲做得好吃。陈水做的海粒饭不会差过华强北任何一家大排档，尤其是放上一些沙茶，可以让欧阳雪吃得直喊肚子胀。看着老婆这么喜欢吃自己的家乡菜，陈家好心里得意，尤其是女人坐在小矮凳上那个样子，完全不像大学毕业，喜欢高尚生活的小资，倒像一个喜食人间烟火的女人了。这么一来，他就很感谢陈水和他的老婆，用一些粗茶淡饭就把欧阳雪打回了原形，不再那么端着了。

有那么几次，因为早到，离做饭的时候还早，欧阳雪便帮着陈水老婆看店，几个摊位间走来走去答对着客人。

欧阳雪劝客人买，几个人都买了，奇怪的是，连价也不回一句。那一天的营业额比前几天都好，陈水老婆笑着说："还是老师的口才好，他们信你的话。"

欧阳雪笑着，眼里全是得意："那是啊，要看是谁做啊。"

这些事情到了现在，欧阳雪不愿意想起来，更不愿意陈家好重提。尽管两个人都到了有点儿爱怀旧的年龄，可她觉得当年是自轻自贱，堂堂一名教师，去给人家看小摊，有什么可得意呢。她更不愿意回想猫在陈水家厨房外，嘴馋的样子。那时候她怀孕了，特别想吃陈水老婆做的饭菜。每天一下班，就厚着脸皮站在店铺前，盼着陈水老婆忙完手上的事儿，早点儿下厨。

"不许提那些破事。"欧阳雪喝道，每次陈家好把话题拐到这里的时候。

"你别忘了，你怀孕十个月，至少有五个月在人家那里吃晚饭。"陈家好一边给花淋水一边说。那时候，陈家好也跟着借光，吃得脸上鉴着油光。他最多拿来家里的好茶，算作补贴。"是不是因为不花钱啊，我还记得你特别能吃。"

陈家好想跟欧阳雪开玩笑，结果碰了一鼻子灰。欧阳雪黑着脸："那又怎么样，我没给她钱吗？她家的衣服，化妆品，哪个便宜了，骗我买一瓶就能赚六七十。最不要脸的是当年，还让我站在柜台里给她推销假货。"

"不是人家让你做，是你觉得好玩，新鲜。"陈家好做了纠正。

欧阳雪一时无语，过了一会儿，指着自己的脸说："你看看，被他们家的产品弄成了铅中毒，花多少钱也补不回来了。"

陈家好安慰道："你那是妊娠斑，再说，年纪大了用什么都不行。"

"放屁，孩子都多大了，我还妊什么娠，你和他们是不是想合了伙害我啊。"此刻，欧阳雪的脸已经变了，她痛恨陈家好不帮自己说话，反倒向着别人。

陈家好不敢开口了，欧阳雪像一个涨满的气球，随时会炸开。他明白了，之前的欧阳雪，温文尔雅，原来是把不满和怨恨都藏了起来。是妊娠斑还是老年斑，这么一想陈家好竟有些害怕了，老婆虽说才过三十五，只是现在污染严重，到处用激素，熟得早，老得快，提早更了也不足为奇。自己需要温良恭俭让，再不能总想着打麻将、吃夜宵了。搬就搬吧，反正没出深圳，又不是搬到外省去，他在心里安慰自己。

没想到，搬家后的第一个夜晚，欧阳雪就从被窝里把手伸出来，湿热的呵气吹到陈家好脸上。

陈家好警惕起来："你要干什么？"

"要我的权力呀。"欧阳雪声音发着嗲。欧阳雪很久没有这样了。陈家好常常觉得自己快废了，他已经习惯了自给自足。

欧阳雪的橄榄手伸得没有任何铺垫，陈家好的准备当然也就无法充分，他慌里慌张，糊里糊涂地上了阵。

办完事，陈家好松了口气。正准备睡，黑暗中，他看见欧阳雪穿了内衣在房里走来走去，面带微笑，一副大获全胜的样子，放下的心，又悬了起来。

欧阳雪却在黑暗里大笑。在一个人生地不熟的房子里，发出这样的怪笑，谁都会觉得瘆人，陈家好也不例外，甚至他连发问的勇气，也消失了。

这时房间里传出女人的声音："看她再气我。"

陈家好觉得自己需要回答，同时也是为了给自己壮胆："谁又气你了，没头没脑的。"

欧阳雪开了床头灯，坐回到床上，柔着声音说："就是那个陈水老婆啊，开杂货店的小贩子。"说完，她认真打量起陈家好。

躺在床上的陈家好见到老婆这样，慌了。过去的陈家好是个有些土气，但还算清秀的学生，现在是一个头发越发稀少，经常嘴上叼着牙签，肚子突出，爱穿人字拖，喜欢在街边跟人说话的中年男人了。

看完陈家好，欧阳雪心里想，好在自己行动早，不然，陈家好、女儿，都会变成华强北小贩文化的俘虏。

停了会儿，欧阳雪又说："陈水倒还算是个老实人，只是他不应该娶这么样一个老婆，经常跟我显摆说孩子如何出色，还说只许考清华和北大，将来一个做官一个做学问，还跟我打赌，说：老师啊，你信不信，不用二十年，咱们的位置就换过来了。"她的嘴变了形，学着陈水老婆的腔调。

陈家好开始相信生活是残酷的，十几年时间，竟把个说话都脸红的欧阳雪变成了一个泼妇。他强压着恼怒，说："怎么了，哪个父母不希望孩子成才。"陈家好觉得老婆这些气生得怪，难道小贩的孩子就不能成才吗？

"这叫风水轮流转。"陈家好认为自己说得仗义，补了一句。

欧阳雪也气了，说："你得意什么，关键是把你和我转差了。"欧阳雪接着又说，"一个叫王博，一个叫王墨，还跟我说，取这样的名才高雅，你听听，这不是气我们是什么？"

陈家好明白了，陈水的两个孩子分别进了重点，让师范大学毕业，做过老师的欧阳雪受了刺激。

到了晚上，欧阳雪不管陈家好制止的眼神，先是和蔼地劝说女儿，好好读书，不然以后没有工作。

"大不了我做生意。"女儿突然冒出一句。

欧阳雪听了心里一惊："做生意是要很多本钱的。"

"我要开陈水叔叔家那种店。"女儿说。

听了这句，欧阳雪脸已经变了，眼睛瞪着陈家好说："好，开吧开吧，现在也别读了。"她越想越怕，这些年，她一直希望影响他们，提高他们的素质，没想到，反倒是这些人改造了她的女儿。满口揭西土话，天天想着吃喝玩乐，现在，竟然说大了要开小店儿。再看看人家小贩的孩子，斯文有礼，经常拿着书过来请教她。什么世道啊，她觉得自己住进华强北真是吃了大亏。

"好就好了，为什么要拉上我们比来比去。你说这算不算超生有奖啊。遵纪守法的下场怎么会这么惨，你再看看人家，这些年买了几套房，全在中心区，还有店铺。他们不仅有财富，生了两个孩子，还有未来。"

"谁没有未来？"陈家好低着头嘀咕了句。

欧阳雪说："我们的未来有他们好吗，他们连初中都没有毕业，除了摆摊，什么都不会，却可以笑话我了。"她觉得自己帮别人的孩子辅导功课，出主意，眼下都成了反讽。欧阳雪脑子里飘浮着魏建飞送陈水老婆的情景。想到陈水老婆见过她对魏建飞那副巴结样儿，更加生自己的气。

"别忘了你当过老师。"陈家好只需这一句，便可以让欧阳雪住嘴。陈家好知道她的软肋。欧阳雪说过只要是老师都希望学生好。

搬家之后，欧阳雪住在自己二十三层的新家里，本以为已经忘了之前的事，想不到，她经常不由自主向华强北眺望。倒是陈家好没心没肺交了新朋友，一有时间就去打球或是下围棋，什么感觉也没有了。女儿忙着上课，补习，压根儿没关心这儿，似乎华强北已是上个世纪的事。欧阳雪在心里恨着，"个个都没良心，说忘就忘了"。她不仅想念牛肉粉的味道，还有他们称呼老师时那种眼神和语调，都是其他地方没有的。买了零食站在街上就能吃，平时套件衣服就能出门，孩子放了学随便去谁家玩都放心。陈水老婆的菜不仅自己爱吃，孩子也喜欢。她想起自己去外地培训时，女儿留在他们家写作业、吃饭的事情。

猜到欧阳雪的心思，陈家好有意约了两家吃饭，准备饭后到华强北转转。他觉得欧阳雪的搬家就是一时冲动，过了这么久，想法也许会转变。

刚开始，都还平静。只是快结束的时候，才让陈家好担心。像是为了刺激欧阳雪，只考进普初的女儿，趁大人说话，拿了欧阳雪的手机，躲在一旁玩游戏，还傻大姐般随着游戏大叫。反过来，陈水的两个孩子倒是各自拿着一本书在读。陈家好偷偷看了眼欧阳雪的脸，觉得事情不妙，开始后悔两家见面的这个提议。

终于，欧阳雪说话了。她笑着问陈水的儿子没户口，怎么进了重点学校，应该受户口、社保、计生证明的限制啊。

想不到，这个敏感的考题，在别人还没听清之际，被老公陈家好抢答了："人家早有户口了，当年人家出来做生意，赚了钱就买了带户口的房子，蓝印变红印。"喝了一口茶，他又得意地说："如果再想要一个，大不了去香港生，多花儿点钱，又不是什么难事。"

欧阳雪说："学校呢，毕竟是省重点，不比那些私立的，有钱就能进。"她狠狠看了陈家好一眼。

"这事确实麻烦，不过公立私立都少不了花钱，还要谢谢你帮我牵的线呢。"陈水老婆笑了笑。

欧阳雪愣了，想起医院门口的事，清楚对方在说谁，冷着脸问："难道他会收你的钱？"

担心老婆再引出事端，陈家好急于把火惹到自己身上，他故作潇洒地说："这很简单，花钱办事嘛。"陈家好似乎成了陈水夫妻的代言人。

"不可能！"欧阳雪说完这句，便站了起来。这一刻，房间安静了，不远处的孩子停下了手里的事。

陈水老婆见状，也起了身，劝道："不是为了孩子，我才不想和他们这种人打交道，耽误时间。"出门时，陈水老婆跟在欧阳雪身边，怯怯地说了一句："其实他已经不喜欢话剧了。"

陈水一家准备搬去科技园了，除了文化氛围好，还是大学、科研单位的汇聚之地。更有意味的是，有人见过陈水老婆在保利剧院看演出，散场时，妆容被眼泪冲花了。离开华强北前，她家里经常放些听不懂的音乐，声音从窗口传出来，昏黄的灯光下，街上的人和物，显得很是不同，平时大嗓门说话的人也变得温柔了。

回到家，两个人都没说话。陈家好以为老婆要大发雷霆，结果什么也没有发生。像是放下了一个大包袱，欧阳雪走路轻松。

天快亮的时候，欧阳雪轻轻翻转身体，贴紧了陈家好。

她还以为陈家好不会失眠。